KB048938

나의 추억으로
다시 읽는 황순원

나의 추억으로
다시 읽는 황순원

초판 1쇄 인쇄 _ 2019년 7월 1일
초판 1쇄 발행 _ 2019년 7월 5일

지은이 _ 소망수필반

펴낸곳 _ 바이북스
펴낸이 _ 윤옥초
편집팀 _ 김태윤
디자인팀 _ 이정은, 이민영

ISBN _ 979-11-5877-104-1 03810

등록 _ 2005. 7. 12 | 제 313-2005-000148호

서울시 영등포구 선유로49길 23 아이에스비즈타워2차 1005호
편집 02)333-0812 | **마케팅** 02)333-9918 | **팩스** 02)333-9960
이메일 postmaster@bybooks.co.kr
홈페이지 www.bybooks.co.kr

책값은 뒤표지에 있습니다.

책으로 아름다운 세상을 만듭니다. ― 바이북스

* 바이북스 플러스는 기독교 신앙의 본질을 담아내려는 글을 선별하여 출판하는 브랜드입니다.

나의 추억으로
다시 읽는 황순원

소망수필반 지음

바이북스
ByBooks

소나기 뒤에 나타나는 찬란한 무지개

소망수필반의 늦깎이 학생들이 소풍 겸 견학 차 황순원문학촌을 방문했다. 일명 소나기마을. 문학관에는 유물과 작가 생전의 흔적들이 단정하게 정리되어 있었으나, 기대했던 것에 비해 그 내용이 다소 허전하다고 느껴졌다. 비록 그가 1946년 서른을 넘긴 나이에 실향민으로 월남했다고는 하나, 그로부터 반세기가 넘도록 서울에 살며 많은 작품을 쓴 세월을 가늠해볼 때, 그가 쌓아올린 업적을 빛내줄 물건들이 많을 것이라고 기대를 했기 때문이었으리라.

그러나 그런 생각은 잠시, 천천히 둘러보면서 알게 됐다. 그곳엔 지극히 소탈하면서도 고고한 선비로 살다 간 작가의 삶이 있는 그대로 펼쳐져 있었다. 생각은 고상했으되 삶은 검소했던 작가 황순원!

작가는 오직 작품으로만 말한다 했던가. 특히 우리의 시선을 사로잡고 발걸음을 옮겨 놓지 못하게 한 유품은 다름 아닌 육필로 정성스럽게 채워진 원고지 묶음이었다.

　공책을 세로로 펼쳐놓고 단정한 글씨체로 써내려간 원고! 그 공책은 빈틈없이 메워 있었다. 문장을 고치고 다시 고치고, 보탰다 뺐다를 반복한 뒤, 흡족함에 이르지 못한 듯 또 다시 첨삭을 거친 정성이 그 공책 안에 오롯이 담겨 있었다.

　왜 작가를 일컬어 '순수와 절제의 극을 이룬 작가'라 하는지를 알 수 있게 하는 가시적인 본보기였다.

　어느 한 작품도 대강 써서 넘기지 못한 작가의 성품을 감지하면서 '아하, 이런 게 바로 치열한 작가정신이로구나!' 하는 걸 깨달은 순간이었다. 단편소설 가운데 대표작으로 회자되는 「소나기」에서 카메라 렌즈 안에 잡힐 듯 그려지는 단발머리 소녀와 청량한 가을

햇살 아래 갈밭 사잇길을 달릴 때 갈꽃의 반짝임, 그 이면에서 소나기 내린 후에 떠오르는 무지개처럼 빛나는 소년 소녀의 티 없는 이끌림! 이토록 깔끔한 단편소설을 탈고하기까지 작가는 '무수히 쓰고 지우고 고치고 빼고…' 하는 정성을 기울였으리라.

작품 하나하나를 꾸미고 있는 문장은 지극히 간결하고 묘사가 절제되어 있으나, 작품을 읽는 독자는 그런 문장이 내포하고 있는 지난한 역사와 그 바탕 위에서 빚어지는 여러 빛깔의 사람 사는 이야기를 십분 읽어낼 수 있다. 이것이 곧 작가의 기량 아니겠는가.

우리는 수필반에서 함께 공부하며 '황순원'이 어떤 작가인가를 배웠다. 책을 읽으며 감동했고, 읽은 내용을 반추하며 독후감을 써 보는 일은 어려웠지만 분명 행복한 일거리였다.

이 과정을 통해 우리는 조금 더 성숙해지고 있다는 뿌듯함도 경험했다.

서툰 아마추어들이 글쓰기에서 보람을 느끼는 이유라 하겠다.

아울러 이런 노력을 통해 우리들이 맞은 노년의 삶도 소나기 뒤의 무지개처럼 피어오르기를 감히 꿈꾸어본다.

2019년 5월 21일

소망수필반 대표 이영훈

차 례

1부

시대의 굴곡을
담은 깊고 푸른 숲

장편 읽기

우리는 정말 카인의 후예일까?

『카인의 후예』

이영훈

1. 황순원과 황동규

내 그대를 생각함은

항상 그대가 앉아있는 배경에서

해가 지고 바람이 부는 일처럼 사소한 일일 것이나

언젠가 그대가 한없이 괴로움 속을 헤매일 때

오랫동안 전해오던 그 사소함으로 그대를 불러보리라

황동규의 시 「즐거운 편지」의 첫 연이다. 내 또래의 학생들이 그 옛날, 그러니까 1950~60년대에 교복을 입고 학창시절을 보냈던 시절에 끔찍이 사랑했던 시. 문학소녀임을 자처했던 나 역시 그 시를 즐겨 읊었었고, 그때마다 내 가슴은 두근거렸다. 일면식도 없었던 두 살 위의 교복 입은 학생 시인이 바로 황동규였고, 그가 그 당시에 책 좀 읽는다는 학생들 간에 인기의 상한가를 치던 작가 황순원의 아들이었다.

꿈 많은 소녀였던 나도 막연히 아름다운 사랑을 그리며 사랑이란 단어가 귓전을 스치기만 해도 무슨 비밀이나 들킨 듯 마음속 파문이 일곤 했었다. 특히나 이루어지지 못한 사랑 이야기, 예를 들어 『좁은 문』에 등장하는 알리싸의 슬픈 자기희생적 사랑이나, 달리는 기차에 뛰어들어 삶에 종말을 고한 『안나 카레니나』의 비극적인 사랑, 돈과 권력 앞에서 사랑이 휴지조각처럼 구겨지는 〈맨발의 청춘〉 신성일을 대하며 감동했던 기억들. 그때 눈물을 흘렸던 기억은 아직도 내 마음 바닥 어딘가에서 숨 쉬고 있어 이따금씩은 달콤 쌉쌀한 회상의 묘미를 불러일으킨다.

그런 맥락에서 내 기억 속에 살아있던 이야기 한 토막이 바로 『카인의 후예』에 등장하는 주인공 박훈과 오작녀의 사랑이었다. 내가 그 소설을 정확히 언제 읽었는지는 기억이 안 난다. 출판년도가 1953년이니까 아마도 나의 10대 후반, 한참 연애소설에 심취해 있던 시기가 아니었을까. 소설을 읽으며 많은 부분에 거부반응을 느꼈던 기억도 어렴풋이 살아있다.

아름다운 꿈과 낭만과 미래를 설계하고 가꾸어 나가야 할 나만의 10대, 아니 20대 초반까지도 우리 집안은 한국전쟁으로 인한 피해에서 전혀 벗어나지 못한 상태였다. 갑자기 아버지가 납북된 채 여섯 자식이 딸린 우리 집은 소위 '엥겔지수'조차 제대로 감당하기가 어려운 형편이었고, 그런 가난은 북한의 무모한 침략으로 야기된 한국전쟁 탓이었다. 비단 우리 집뿐이었겠는가. 온 나라 전체가 한국전쟁의 후유증을 겪고 있었으니 말이다. 그 당시는 북한이란 용어보다는 이북이란 어휘가 더 널리 통용됐었고, 괴뢰군이나 김일성도당, 빨갱이란 표현이 오히려 당연시됐었다. '공산주의' 같은 어휘는 귓전을 스치기만 해도 진저리를 치던 때였기에 나는 자연히 『카인의 후예』를 읽을 때도 전편에 흐르던 끔찍한 시대상이나 소설의 맥락엔 크게 관심을 갖지 못했었다. 아니, 훅훅 징검다리 건너듯 책장을 제쳤다. 내 취향에 맞게 오로지 소설 속 주인공인 박훈과 오작녀의 사랑이 어떻게 전개되는지 그 기승전결을 좇아가기에만 급급했었다.

2. 왜 제목이 '카인의 후예'일까

(…) 세월이 지난 후에 가인은 땅의 소산으로 제물을 삼아 여호와께 드렸고 아벨은 자기도 양의 첫 새끼와 그 기름으로 드렸더니 여호와께서 아벨과 그의 제물은 받으셨으나 가인과 그의 제물은 받지 아니하신지라. 가인이 몹시 분하여 안색이 변하니 여호와께서 가인에게 이르시되 네가 분하여 함은 어찌 됨이며 안색이 변함은 어찌 됨이냐 (…) 가인이 그의 아우 아벨에게 말하고 그들이 들에 있을 때에 가인이 그의 아우 아벨을 쳐 죽이니라 여호와께서 가인에게 이르시되 네 아우 아벨이 어디 있느냐 그가 이르되 내가 알지 못하나이다 내가 내 아우를 지키는 자니이까

_『성경』,「창세기」, 4장 3~9절.

작가 황순원은 장편을 일곱 권 출판한 것으로 알려져 있다. 특히 우리말을 사랑하고 일제 강점기에도 우리말 지킴이로 말없이 고군 분투했던 작가였다. 그의 소설 제목들이 '나무들 비탈에 서다', '별과 같이 살다', '독짓는 늙은이', '목넘이마을의 개' 등 다분히 우리말이 품고 있는 정서를 대변하고 있는 데 비해, 이 소설은 제목이 특이하다면 특이하다 하겠다. 그만큼 카인이란 성서의 인물을 작품의 제목으로 끌어온 의미가 큰 게 아니었을까.

『성경』에 기록된 역사를 그대로 받아들인다면 단연코 카인은 인

류 최초의 살인자이며, 인류의 역사가 얼마만큼 피로 얼룩지고 잔인한 것인가를 십분 보여주고 있다. 소설 『카인의 후예』도 아닌 게 아니라 이야기의 도입부에서부터 살인 사건으로 실마리를 풀어나간다.

> "남이 아반 죽은 거 압니까? 어젯밤, 낮에 떨레 죽었이요."
> "종내 일이 벌어지구야 말았쉐다!"
> "아직 누가 쥑엤는디는 몰라두 어느 펜 사람이란 건 짐작할 수 있디 않아요?"
>
> _ 황순원, 『카인의 후예』, 문학과지성사, 2017, p.24.

이 대사는 주인공 박훈의 사촌동생 혁이 몸살기로 누워있는 형 훈에게 찾아와 일러준 말이다. 『성경』에 기록되어 있는 바에 의하면 카인 역시 동생 아벨을 낫으로 쳐 죽였다. 남이 아버지는 '농민 치고 보기 드물 만큼 허약한 사람이었고 빈농군'이라서 얼마 전에 농민위원장이 된 사람이었다. 그는 학식이 있는 사람도 아니고 야심이 있는 것도 아닌 처지에서 그냥 상부에서 시키는 대로 멋모르고 농민위원장이 됐던 것이었고, 올망졸망한 아이들을 두고 원인도 모른 채 억울한 죽음을 당한 셈이다. 이 죽음이 바로 소설의 첫 단추를 풀어나가기 시작한다.

3. 무자비한 투쟁을 해야 하오

"아무리 너어 반동들이 발버둥일 쳐도 이미 역사는 우리 무산대
중의 것이다. (…) 지금 노동자와 농민은 자본주의와 지주에게 대
한 불같은 증오심으루 피비린내 나는 투쟁을 개시하구 있다. 물
론 우리는 이 싸움에서 승리할 것이다! 그건 틀림없는 사실이다.
우리 뒤에는 약소민족의 해방자이시며 은인이신 위대한 스딸린
대원수가 계시다."

_ 황순원, 앞의 글, p.33.

1945년 8월 제2차 세계대전의 종말과 동시에 우리나라는 일본
식민지의 굴레를 벗어나지만 해방과 동시에 대한제국은 남북으로
갈리고 38선 이북은 소련의 지배하에 놓이게 된다. 즉 북한은 공산
당과 공산주의자들이 장악하게 되며, 이 시점이 소설의 시대적 배
경이 된다. 위에 언급한 대사는 소련공산당의 일원으로 박훈이 살
고 있는 마을에 나타난 '개털오바 청년'의 일갈이다.

하루아침에 대대로 물려 내려오던 위계질서가 무너진다. 즉, 20
세기 초 우리나라는 수난과 격변의 소용돌이에 휘말리기 시작했고,
기존의 질서와 가치관은 더 이상 설 자리를 잃고 무의미하게 된다.
지주의 아들 박훈을 위시해서 훈의 삼촌이나 용재영감 같은 부류
는 곧바로 반동으로 몰리고, 인민의 적이 되어 타도해야 할 적으로

둔갑한다. 소련의 지배를 받는 공산당은 위계질서를 뒤바꾸며 새로운 유토피아를 건설하자는 기치 아래 억압받아 온 소작인과 농민들을 선동하여 인민재판을 벌인다. 봄날 벚꽃이 활짝 피기 시작하듯 도처에서 인민재판이 실시되는데 이런 현상은 '토지개혁이 실시되어 지주의 토지를 모조리 몰수해가지고 농민들에게 골고루 분배한다는 말이 이 가락골 마을에도 들어오기 시작하면서부터의 일'(황순원, 앞의 글, p.42.)이다. 공산당이 정권을 잡자마자 지주는 착취계급이란 낙인이 찍히며 '공공의 적'이 됐기 때문이다.

토지개혁이며 무상분배라는 이야기가 입소문을 타며 빠르게 퍼져나가자 무산대중으로 간주되는 마을 사람들은 저마다 전전긍긍, 삼삼오오 모여서 주워들은 정보를 교환한다.

"강개 따에서는 벌써 토디개혁이란 게 됐다믄서"

"(…) 넝변 따에서두 했다드군."

"(…) 그래 그 토디개혁이란 게 되믄 어뜨케 되는 겐가"

_ 황순원, 앞의 글, pp.50~51.

토지개혁이란 게 실시되면 농사꾼으로선 평생 꿈도 꿔보지 못했던 '내 땅'을 나눠가질 수 있다는 말이고, 실제로 나눠준다는 법령이란 것도 벌써 발포됐다. 땅을 거저 주다니? 세상에 어디 이런 일이 있을 수 있단 말인가. 세상에 어디 공짜가 있을 수 있단 말인가!

아아, 논밭이 내 것이 된다고? 어찌 구미가 당기지 않을 수 있겠는가! 그런 마음의 설렘이 스치고 지나면 다음 순간 바라서는 안 될 남의 물건을 넘본 것처럼 죄스러워지는 것이다. 그러나 또 그 다음 순간, 토지개혁이 되어 남들이 땅을 차지하게 된다면 왜 나라고 가만히 있겠는가. 나도 내 몫을 챙겨야겠고, 이왕이면 더 좋은 곳의 논이며 밭을 차지하고 싶은 욕심이 마음속에서 고개를 든다. 그러면 갑자기 조바심이 쳐지는 것이다. 감히 넘보지 못했던 지주네 집에 들어가 누군 부엌에서 놋그릇을 집어내고, 누군 헛간에서 대패를 슬쩍 허리춤에 차고 나가는가 하면, 또 누군 삽을 들어 담 넘어 자기 집 마당으로 휘익 던져 넣는다. 이런 게 곧 세상 민심이다. 빠르고 흉흉하게 변해가는!

이번에 내가 『카인의 후예』를 다시 읽으면서 충격적이었던 점이 바로 이 소설에서 작가가 파고든 인간성에 대한 깊은 성찰과 날카로운 분석, 그리고 그것을 소설이란 매개를 통해 표출하는 작가의 탁월한 기량이 아니었을까 싶다. 그 어떤 역사 교과서나 학술적인 연구서도 해방 후 우리나라가 겪어야 했던 격동의 시기를 이렇게 실감나게 그려내며 울림을 줄 수는 없을 것이기 때문이다.

4. 「소나기」의 소년과 소녀, 그리고 박훈과 오작녀

> 그러다가 소녀가 물속에서 무엇을 하나 집어낸다. 하얀 조약돌이 었다. 그리고는 훌쩍 일어나 팔짝팔짝 징검다리를 뛰어 건너간 다. 다 건너가더니 획 이리로 돌아서며, 이 바보! 조약돌이 날아 왔다. 소년은 저도 모르게 벌떡 일어섰다. 단발머리를 나풀거리 며 소녀가 막 달린다. (…) 저쪽 갈밭머리에 갈꽃이 한 움큼 움직 였다. 소녀가 갈꽃을 안고 있었다. 그리고 이제는 천천한 걸음이 었다. 유난히 맑은 가을햇살이 소녀의 갈꽃머리에서 반짝거렸다. 소녀 아닌 갈꽃이 들길을 걸어가는 것만 같았다. (…) 소년은 조 약돌을 집어 주머니에 넣었다.
>
> _ 황순원 대표소설선 『소나기』, 2015, p.12.

「소나기」에서 속마음을 먼저 드러내 보이는 쪽은 소녀다. 겉으로 보기엔 소녀 쪽에서 징검다리 한 가운데를 차지하고 앉아 누가 오 는지 가는지 아랑곳없이 물장난을 치고 있는 것처럼 그려지고 있 다. 그러나 도시에서 이사 와 같이 놀 친구가 그리웠던 이 소녀는 개울둑에 앉아있는 소년이 자기에게 먼저 다가와 말을 걸어주기를 기다리는 것이다. 반대로 이 시골 소년은 개울둑에서 소녀가 길을 터주기만 기다린다. 기다림에 지친 소녀는 물장난질 치던 개울에 서 건져 올린 조약돌에 자기의 마음을 실어 소년에게 그렇게 날려

보냈고, 소년은 자기 발치에 굴러 온 조약돌을 주머니에 넣으며 소녀의 마음을 받아들여 지니게 된다.

소녀시절의 오작녀도 「소나기」에 등장하는 소녀 못잖게 적극적이다. 아니, 동등한 입장에서 한 걸음 더 나아간다. 오작녀는 어린 소년 훈을 지키고 돌봐야 할, 다시 말해 모성애를 발휘해야 하는 인물로 그려진다. 훈이 일곱인가 여덟 살 때의 일이다.

한번은 퍼진 불을 아무리 끄려고 해도 꺼지지 않았다. 발로 비비면 죽은 듯하다가 다시 되살아나곤 했다. 저고리들을 벗어 들고 치기 시작했다. 그러나 도리어 불씨만 날려놓아 불자리는 넓어져만 갔다. 덜컥 겁들이 났다. 하나 둘 달아나기 시작했다. 나중에 훈 혼자만이 남았다. 자기도 이제 도망가는 수밖에 없다고 생각하고 있을 때였다. 오작녀가 달려왔다. 나물바구니를 팽개치더니 그대로 불 위에 뒹굴기 시작했다. 한 자리를 끄고 나서는 다음 자리로 가 뒹굴었다. 이렇게 해서 불을 다 껐다.
훈은 그저 놀라운 눈으로 오작녀의 하는 양을 보고만 있었다. 그러다가 훈은 다시 한 번 놀랐다. 불을 다 끄고 일어나는 오작녀의 눈에서 이상한 것을 발견한 것이었다. 저도 모르게, "네 눈에서 불이 붙는다." 했다.

_『카인의 후예』, pp.61~62.

소녀와 오작녀, 그들은 세상살이의 때가 무엇인지를 알기 이전의 순수함으로 사랑에 눈뜬 여성상이 아닌가. 나는 언제 단 한 번이라도 그런 순수한 열정으로 누군가를 사랑했고, 무엇인가에 헌신했던가? 너무 빨리 세상을 알아버린 건 아니었던가? 문득 안도현 시인의 시 「너에게 묻는다」가 내 가슴을 두드린다.

연탄재 함부로 차지 마라
너는 누구에게 한번이라도
뜨거운 사람이었느냐

_ 안도현 시 「너에게 묻는다」의 첫 부분.

5. 박훈과 오작녀, 그리고 오작녀 남편

어머니가 김을 매는 조밭머리 긴긴 한여름 뙤약볕 속에 혼자 메뚜
기와 놀던 다섯 살짜리 아이가, 눈이 좀 어두운 어머니의 길잡이
로 말승냥이 늘상 떠나지 않는다는 함박골을 앞장서 외가에 오가
던 다섯 살짜리 아이가, 장차 어떻게 살아가나 어머니가 짐짓 걱
정할라치면 나귀로 장사해서 돈을 많이 벌겠다던 다섯 살짜리 아
이가, 기미운동으로 옥살이하는 아버지를 힘들여 면회 가선 내내
어머니 젖가슴만 더듬었네. 불도 켜 있지 않은데 눈이 부셔 부셔
아버지가 눈부셔 바로 쳐다볼 수가 없었네. 지금은 일흔 살짜리
아이가 되어 이 추운 거리 다시 한 번 아버지를 면회 가서 당신의
젖가슴을 더듬어봤으면, 어머님이여 나의 어머님이여."

_ 황순원 시, 「우리들의 세월」 전문

박훈은 지주의 아들이고. 오작녀는 지난 20여 년 세월 동안 그
댁의 안팎일을 맡아 처리하며 제법 편안한 삶을 살아 온 마름 도섭
영감의 딸이다. 외아들로 태어난 훈은 일찍이 어머니를 여의었고,
어려서부터 잦은 병치레 탓이었을까 체구도 작았고, 나약하고 수
줍은 아이였다. 반면 오작녀는 한 마을에서 자라나는 같은 또래의
건강하고 씩씩한 아이, 그리고 타는 듯한 눈을 가진 아이였다. 오작
녀의 그 눈은 오로지 지주댁 아들 훈을 향해 불붙듯 활활 타올랐다.

위에서 언급한 바와 같이 작가 황순원은 그의 대표적인 단편 「소나기」에 등장하는 소년과 소녀의 마음을 그대로 『카인의 후예』에 옮겨놓았다 해도 과언이 아니다. 훈은 오작녀와 있으면 급박하게 돌아가는 일촉즉발의 위기 속에서도 옛날에 그랬던 것처럼 마음속에 아늑함과 더불어 무언가 잘 풀릴 것 같은 평안을 느끼면서 그냥 세상이 이대로 멈춰줘도 괜찮지 않을까 하는 소망을 품곤 한다.

훈의 가족은 불놀이 사건이 있은 지 얼마 안 돼 평양으로 이사를 갔고, 소식이 끊긴 채 오작녀는 세월의 물살 따라 원치 않는 결혼을 해야 했으나, 얼마 살지를 못하고 집으로 쫓겨 오고 만다. 갑자기 구박덩이가 된 오작녀는 다시 세월의 물살에 떠밀려 훈의 고향 집으로 내려와 살게 되면서 혈혈단신인 훈의 집에서 지주댁 아드님을 수발하며 살림을 맡아한다. 한 지붕 밑에서 살게 된 것이다. 이쯤 되니 마을 사람들은 저마다 훈과 오작녀의 관계에 대해 이러쿵저러쿵 없는 말까지 지어내 가며 입방아를 찧는다.

세상이 뒤바뀐 지 얼마 되지 않아 오작녀를 쫓아버렸던 남편 '최 동무'가 느닷없이 마을에 나타난다. 기골이 장대하고 산전수전을 겪을 만치 겪은 이 사내, 세상이 바뀌자 신기루가 나타나듯 그에게 팔자를 고칠 기회가 찾아들었다. 그는 졸지에 '순안 민청 부위원장'이란 감투를 휘날리며 거들먹거린다. 옛날 그를 부리던 홍수조차도 그를 하대하지 못하는 입장이 된다.

그는 자신이 다름 아닌 오작녀의 남편 되는 사람이라며 훈 앞에 나타난다. 선량하고 소심한 훈이 거칠기 짝 없는 오작녀의 남편에게 할 수 있는 말이란 고작 "오작녀와 나 사이엔 아무런 관계도 없다"거나, "오작녀는 옛날과 다름없이 깨끗한 몸"이라는 따위! 진실임에는 틀림없다.

첫눈에도 아주 약골로 생긴 훈! 만나기만 하면 단주먹에 때려눕히려고 벼르고 나타났던 오작녀의 남편! 묘한 대조를 이룬다. 연약하나 범접하기 어려운 훈 앞에서 오작녀의 남편은 혼돈에 빠져 이렇게 외친다.

"내가 난봉이 나서 오작네를 구박해 못살게 된 줄루만 알구 있디요. 그러나 그르티가 않습니다. (…) 정말은 내가 오작네를 싫어한 게 아니야요. (…) 내가 네편네 싫어서 버린 게 아닙네다. 그저 그년이 이상한 버릇이 있어놔서요. 시집온 날부터 아예 허리 뒤루는 다티디 못하게 하거든요. 허리띨 꼭 졸라 매구서 아래보담두 더 소듕히 너기디 않갔이요? 처음에는 그저 부끄러워 그르거니 했디요. 그러나 그렇대가 않아요. 언제꺼지나 젖가슴은 못 다티게 하는 거야요. 그래 본때가 글렀다구 손질을 하기 시작했디요. 그래도 영 말을 안 듣디 않갔이요? 그래 필시 이년이 나 말구 생각하는 딴 사내놈이 있구나 하구. 그러믄 그놈하구 가 잘 살라구 때레 내쫓은 거야요. 이르케 된 게디 내가 처음부터 그년이 싫어서 그런 건 아닙네다. 지금 와 생각하니 그 다른 남자가 바루 선생이었드군요?

_ 황순원, 앞의 글, pp.82~83.

위기감에 빠지긴 훈도 마찬가지다. 마냥 거칠고 사나워 주먹질로 살아가는 위인일 것이라 막연히 추측했던 오작녀의 남편이 술김을 이용해 의외로 솔직하게 자기의 괴로움을 훈에게 털어놓는다. 이 두 사람은 무대 위의 연극배우들처럼 이런 대사를 주고받는다.

왜 바른대루 말을 못하는 거요? 무식하다만 나두 한때 이름 있든 활량이웨다. 당신이 바른대루 말만 하믄 그까짓 네편네 하나쯤 문제 아니웨다.
더 변명 않겠습니다. 언제든지 오작녀를 데려가구 싶은 때 데려가십시오.
그르타믄 당장 닐 데레가갔소!

_ 황순원, 앞의 글, pp.83~84.

오작녀는 오작녀대로 남편 최가가 나타나는 순간 똑같은 위기감에 빠진다. 지난 삼 년간 지주댁 아드님과 공유했던 한 지붕 밑 '천국의 삶'에 종지부를 찍을 시간이 다가오기 때문이다. 철없던 어린 시절부터 오로지 지주댁 아드님을 내밀하게 품어 안고 살아온 세월. 무슨 일이 있어도, 어떤 위험이 닥쳐도 목숨 바쳐 지켜내야 할 '선생님.' 그러나 마냥 착하기만 한 이 남자는 오작녀를 간절히 원하면서도 내 여인으로 지켜낼 의지도 결단력도 없다. 모든 것을 세월 탓으로만 돌리며 저항할 생각 같은 건 아예 꿈도 못 꾼다. 이 세상의 거센 물살에 떠밀려 자포자기한 상태로 흘러내려갈 뿐이다.

설상가상이란 이런 것일까. 사라진 줄로만 알았던 오작녀의 남편은 예전의 허드렛일이나 하며 폭군처럼 날뛰던 사람이 아니다. 그는 당당하게 '순안 민청 부위원장'이 되어 나타났고, 예전에 버렸던 오작녀가 지주댁 아드님과 한 집에서 살고 있다는 사실에 이성을 잃고 만다. 그런 남편의 등장을 온 몸으로 저항이라도 하듯 오작녀는 심한 열병에 걸려 몸져눕게 된다. 오작녀의 발병과 독백이 이 소설의 백미를 이루며 동시에 반전을 가져온다.

감기 기운이겠거니 했던 오작녀의 몸은 열꽃이 피면서 무섭게 달아오르고 그 열병이 발진티푸스라고 밝혀진다. 오래 전 어린 훈에게서 어머니를 앗아간 바로 그 병 아니던가! 훈은 온 정성을 다해 환자를 돌보지만 아무 효과가 없다. 열이 최고도로 치솟자 비몽사몽간에 오작녀는 헛소리를 한다. 아니 가슴 속에 파묻어 두었던 비밀을 토해내고, 한동안 숨이 넘어가는 듯 꼼짝 않다가 다시 독백을 토해낸다.

"이놈아, 이놈아, 안 된다. 안 돼… 이놈아, 이 죽일놈아, 이 가슴

만은 못 다틴다… 아, 사람 살레라! 삼득아, 큰일났다! 최가놈이
박선생을… 삼득아, 어서 좀 가봐라, 어서, 어서…"
"답답해. 날 죅에다오. 날 죅에다오… 아, 죽갔다. 누구 이 가슴
을 좀 빠개주소…."

_ 황순원, 앞의 글, pp.94~95.

그러면서 그녀는 치마허리를 밀어 내렸다. 불룩 젖통이 솟아나
왔다. 흰 살갖이 붉은 반점으로 해서 진달래 빛 물이 들어 있었다.
훈이 이불을 끌어다 오작녀의 가슴을 몇 번이고 덮어주려 하는데
오작녀의 손이 훈의 손을 와락 잡았다. 오작녀는 일생 감춰 왔던
순정을 혼미한 틈을 타 이렇게 훈에게 저돌적으로 고백하며 흐느
낀다.

"선생님 제발 저더러 이 집에서 나가라구 글디 말라우요… 선생
님, 선생님…."

_ 황순원, 앞의 글, p.95.

역시 운명의 거센 물살에 역주행도 마다하지 않는 오작녀의 결
기를 보여주는 대목이다. 그는 훈의 어머니도 이겨내지 못했던 열
병도 극복한다. 그뿐인가, 훈이 차마 뛰어넘지 못하며 망설이기만
하는 현실의 높은 담도 거침없이 뛰어넘겠다는 '여전사'의 모습을

작가는 이 작품에서 이렇게 보여주고 있다. 한 걸음 더 나아가보자. 작가 황순원은 일찍이 여읜 그의 어머니를 구원의 여인상으로 형상화했음을 여실히 보여준다. 엄마만 내 곁에 있으면 만사형통일 것 같은 꿈을 일흔이 된 나이에도 여일하게 간직한다. 아니 더더욱 간절한 바람이 된다. 각박한 삶의 급류를 꿋꿋이 버티는 힘을 어머니의 젖가슴에서 찾고자 하는 일흔 나이의 순진무구함이여!

6. 눈을 들어 산을 보아라, 너의 구원이 어디서 오나

하나님은 너를 지키시는 자 너의 우편에 그늘 되시니

낮의 해와 밤의 달도 너를 해치지 못하리

하나님은 너를 지키시는 자 너의 환난을 면케 하시니

그가 너를 지키시리라 너의 출입을 지키시리라

눈을 들어 산을 보아라 너의 도움이 어디서 오나

천지 지으신, 너를 만드신 여호와께로다

_ 복음찬송가 「하나님은 너를 지키시는 자」, 1절, 정성실 작곡.

내가 좋아하는 복음찬송가다. 나는 『카인의 후예』의 중간 부분을 지나면서부터 나도 모르게 계속 이 찬양을 읊조렸다. 이 복음찬송가에서 하나님을 오작녀로 바꾸어놓으면 소설의 실마리는 저절로 풀리는 까닭이다. 이렇게 말이다.

오작녀는 훈을 지키는 여인, 훈의 우편에 그늘이 되니

인민재판도 토지개혁도 훈을 해치지 못하리

오작녀는 훈을 지키는 여인, 훈의 환난을 면케 하나니

그가 훈을 지켜내리라 훈의 출입을 지켜내리라

눈을 들어 산을 보아라 훈의 도움이 어디서 오나

어머니 같은, 사랑의 화신 오작녀로부터라

이 소설의 클라이맥스라 할 수 있는 부분이 바로 인민재판이라 하겠다. 소위 농민대회라는 이름으로 온 마을 사람들이 손에 손에 쟁기를 메고 들고 운동장으로 꾸역꾸역 몰려든다. 이 사람들 앞에서 개털오바 청년은 '이게 우리들만이 가질 수 있는 진정한 인민재판'이라고 목청을 돋우어 반동 지주들의 이름을 부르며 외친다. "누구의 간섭도 받지 않고 동무들이 직접 판결을 내리라"고.

호명된 지주들은 제대로 변명 한마디 못하고 토지를 빼앗기고 농민들 앞에서 무참하게 수모를 당한다. 드디어 지주 박훈을 인민의 이름으로 재판할 차례가 온다. 개털오바 청년은 외친다.

"사실은 이 박훈이가 우리 면에서 제일 악질 반동분자요! 이 박훈은 날마다 술루써 소일하믄서 우리 민주혁명에 불평을 품고 있는 자요. 그리구 무지한 청년들을 유혹하여 반동 결사를 조직해 가지구 면 농민위원장 동무를 살해하게 한 장본인이 바로 이자요. 그뿐 앙이라, 지주의 권력으루 소작인의 딸이자 남의 유부녀인 여성동무를 유린한 자가 또 이자요. 시방 이 자리에 그 피해를 입은 아버지와 남편이 와 있소. 전 농민위원장 동무의 뒤를 이어 새로 위원장이 된 동무가 그 아버지요, 순안 민청 부위원장으루 있는 동무가 그 남편이오! 이 모든 점으루 봐서 악질 반동분자이며 악질 반동 지주 박훈을 숙청하는 데 이의가 없을 줄 아오!"

_ 황순원, 앞의 글, pp.128~129.

개털오바 청년과 여기저기에 박아 놓은 조직책들의 선동에 한껏 흥분한 민중은 무리를 지어 지주들의 집으로 몰려간다. 그리고 집 열쇠며 토지 문서를 눈 깜짝할 사이에 갈취한다. 드디어 악질 반동 박훈의 집에 도착한 개털오바 청년은 훈의 면전에서 위의 문서를 읽어 내려간다. 그러나 그가 읽어 내려가는 도중 거기 몰려간 사람들이 갑자기 놀라서 소리를 지른다.

오작녀가 어지러운 걸음걸이로 나와 대문 문설주를 붙잡고 서 있기 때문이다. 겨우 열병에서 헤어난 듯 얼굴에 피었던 반점도 채 가시지 않은 모습. 환하게 타고 있는 두 눈만이 그가 살아 있음을 보여줄 만큼 창백하다. 오작녀의 모습을 보자 개털오바 청년은 오히려 잘 됐다고 생각하며 "그리고 지주의 권력으로 소작인의 딸이자 남의 유부녀인 여성동무를 유린한 사실…" 하면서 외쳐대는데 오작녀가 그의 말을 가로챈다. 여기서 다시 한 번 무대 위의 연극 장면을 연상시키는 대화가 오간다.

대관절 누가 그런 소릴 덕었소?
농민 대회의 결정이오.
왜 그런 허튼소릴 덕었소?
여성동무, 말을 삼가오! 우리는 시방 동무를 반동분자 손아귀에서 해방시키자구 그러는 게요.
해방이구 뭐구 다 일없소. 어서 집으루들 돌아가시오.

순순히 물러날 오작녀가 아니다. 어떻게든 박훈의 집 열쇠와 토지문서를 성공적으로 갈취해야 하는 개털오바 청년 앞에서 오작녀는 자기 등으로 훈을 가리듯 막아서며 청년에게 일갈한다.

왜 남의 집 열쇠는 달래는 거요?

동무! 이 이상 더 우리의 공작을 방해했다가는 어떤 처벌을 당한다는 걸 알 수 있소?

이 집은 내 집이오! 내가 살아 있는 동안은 누구 하나 이 집에 손을 못 대요! (…) 우리는 부부가 됐이오.

_ 황순원, 앞의 글, pp.129~130.

이 무슨 기상천외한 결기런가. 아니, 객기에 가까운 일갈이런가! 그러나 오작녀는 이 절체절명의 위기에서 훈을 구해내기 위해 자기 목숨을 걸고 자기가 쓸 수 있는 마지막 패를 던진 것이다. 훈을 위해서라면 무엇인들 못 할 것인가. 이 대목에서 나는 다시 한 번 작가 황순원이 표출하고 있는 생명수와도 같은 구원의 여성상을 감지하게 됐다. 위기가 닥쳐올 때 훈이 할 수 있는 일이란 모든 소유를 깨끗이 포기하고 조용히 떠나는 것이다. 아니, 한 가지 더 있다. 꿈속에서 어머니 품속으로 파고드는 일. 어머니 품속은 따뜻하고 아늑한 피난처다. 그 꿈속의 피난처가 현실에서는 다른 누구도 아닌 여전사 오작녀다.

오작녀의 용기 있는 발언으로 훈은 위기를 넘긴다. 훈과 자기가 이미 부부가 됐다는 말에 모여 들었던 사람들은 웅성거리기 시작했고, 의기양양했던 개털오바 청년은 급소를 맞은 듯 놀라움을 금치 못한다. 소위 진보적인 인테리 지주가 소작인의 딸과 결혼을 했다니 기막힌 반전 아닌가. 일이 그렇게까지 되었던가.

박천 어디선가도 여자 지주가 자기 머슴과 결혼하여 화제가 된 일이 있었다. 그걸로 그 여자 지주는 숙청을 면한 것이었다.

_ 황순원, 앞의 글, p.132.

저만치 뒤쪽에 서서 이 광경을 지켜보던 오작녀의 남편, 그는 토지개혁 때 증언을 서라는 임무를 띠고 그 자리에 와 있었던 터. 다시 연극무대를 연상케 하는 대화가 많은 사람들 앞에서 공개적으로 오간다.

나한테 시집오기 전에 생각하구 있은 딴 사내가 있었니, 없었니?
(오작녀는 창백해진 얼굴에서 눈이 다시 빛을 발했다.)
나한테 시집오기 전부터 데 박가를 생각하고 있디 않았느냔 말이다!
(오작녀는 고개를 두어 번 끄덕인다. 그리고 눈을 지그시 감는다.)
난두 너 같은 년을 내 네팬네루 생각디 않은 디 오랬다!

_ 황순원, 앞의 글, p.133.

누가 누구를 위한 인민재판이었던가? 비록 큰소릴 치긴 했지만 오작녀에게 폭력을 휘둘러대던 오작녀의 남편은 온 마을 사람들 앞에서 다시는 얼굴을 들고 다닐 수 없을 정도로 판정패를 당하고, 굴욕의 쓴 잔을 마셔야 했다. 그는 마을을 떠나고 싸움판에 끼어들어 죽음을 자초하고 만다.

7. 우리 모두는 카인의 후예인가

"만일 아부지 몸에 무슨 일이라두 있으믄 내 그 백당넘의 새끼들을 가만두디는 않갔이요. 그리고 이것 좀 보소. 글쎄 이 비석이 무슨 죄가 있다구 이렇게 깨부세야 합니까."

훈은 이 사촌동생의 흥분한 얼굴을 바라보며 문득 얼마 전 남이 아버지가 낫에 찔려 죽었을 때 일이 생각났다. 그때도 이 사촌동생은 한껏 흥분한 얼굴이요 몸짓이었다. 이런 사촌동생에게 그때 자기는 어떤 슬픔에 가까운 노여움 같은 걸 느끼면서 하고자 한 말이 있었다. 왜 그렇게 남의 피를 보고 좋아하느냐고. 그러나 지금은 그때와는 다른 걸 느끼고 있었다. 그것은 지금 이 사촌동생 자신이 가슴속으로 피를 흘리고 있다는 느낌이었다. (…) 그러는 그의 몸 속 어느 부분에서도 분명히 핏방울이 듣고 있는 것 같음을 느꼈다.

_ 황순원, 앞의 글, pp.147~148.

기존의 질서와 가치관이 실종된 현실에서 너나할 것 없이 모두들 정신이 나간 듯, 극도로 민감하게 행동한다. 우선 오작녀의 수치심을 뛰어넘는 고백이 도섭 영감을 충격에 몰아넣는다. 잔뜩 기대하고 있던 마을 농민위원장 자리가 이 엉뚱한 딸년의 엉뚱한 고백과 더불어 눈앞에서 사라지니 말이다. 훈네 집 마름이었던 도섭 영감은 울분을 참지 못해 온 정성을 기울여 손수 세웠던 훈의 할아버지 송덕비를 도끼로 때려 부순다. 송덕비를 도끼로 쳐부수는 행위의 상징성이 실로 극적이다. 분을 이기지 못해 도끼를 휘둘러대면서 그는 여태껏 지주와 제일 가까웠던 자신의 과거를 지워버리고자 했다. 동시에 비석이 부서지며 내는 굉음은 곧 그 마을과 마을 주변에서 대대로 지켜져 내려오던 전통과 위계질서가 파괴됨을 알리는 전주곡에 다름 아니다.

모든 마을 사람들은 실속을 차리느라 혈안이 된다. 오직녀 때문에 농민위원장 자리를 놓친 도섭 영감은 악에 받쳐 날뛰고, 이웃들은 이웃들대로 하나같이 이 판에 하나라도 더 움켜쥐려고 날뛴다. 모든 걸 다 잃고 미쳐가기는 지주들도 마찬가지. 용재 영감은 자기가 혼신을 바쳐 끝내려 하던 저수지 완공작업이 물거품이 되자 환각에 빠져, 부서져 내린 송덕비에 머리를 박고 피를 흘리며 죽는다. 지주 중 한 사람이 죽었는데 그 시신의 운구를 위해 관을 짜주겠다고 나서는 사람이 단 한 명도 없다.

마냥 착한 줄만 알았던 훈도, 사촌동생 혁도 대의명분이야 어떻든 간에 칼을 빼어든다. 무언중에 이 둘은 미쳐 날뛰는 도섭 영감을 제거하기로 한다. 과연 인간은 극한상황에서 어쩔 수 없이 카인의 후예가 되고 마는가.

8. 백설이 만건곤할 제 독야청청하리라

이 몸이 죽어가서 무엇이 될고 하니

봉래산 제일봉에 낙락장송 되었다가

백설이 만건곤할 제 독야청청하리라

우리 모두가 잘 알고 있는 성삼문이 읊었다는 시조다. 그는 수양대군이 세조로 등극하며 첩첩산중 영월로 쫓아버린 단종의 복위를 꾀하다가 발각되어 처형당한 사육신 중의 한 사람. 성삼문은 그가 처형당하게 됐을 때에도 끝까지 자신의 굳은 지조와 충정을 결코 꺾지 않겠다며 비유적으로 이 시를 노래한 것으로 잘 알려져 있다.

소설 『카인의 후예』에서도 이렇게 성삼문을 닮은 사람들이 여럿 등장한다. 이 인물들은 미쳐 날뛰는 인간군상 틈에서 독야청청한 소나무를 연상케 하며 책을 읽어 내려가는 중에 내 마음에 따뜻함을 일깨워준 인물들이다. 인류가 비록 피로 얼룩진 '카인의 후예'라 할지라도 사람의 도리를 잃지 않고 버티는 군상들이 있다는 것은 매우 고무적이며 반가운 일이다.

소설이 시작되는 첫 장면에서부터 등장하는 오작녀의 남동생 삼득이가 바로 그런 인물 중의 으뜸이다. 삼득이는 훈의 뒤를 그림자 같이 좇는다. 훈은 그런 그가 개털오바 청년의 사주를 받아 자기를 염탐질하기 위해서 따라다닌다고 믿고 있었다. 그러나 뜻밖에도 그는 훈을 보호하기 위해 말없이 뒤를 지킨다. 삼득이는 배운 것 별로 없고 산에서 나뭇짐을 져 나르거나 여기저기 허드렛일을 하고 다니기는 해도 무엇이 옳고 그른지, 무엇을 해야 하고, 무엇을 하지 말아야 할지를 분별할 줄 아는 곧은 심성을 지닌 청년이다.

세상이 뒤바뀌어도 사람이 지켜야 할 도리는 바뀌지 않음을 웅변적으로 표출하는 젊은이! 그리고 그는 피로 얼룩진 이 소설의 대단원에 종지부를 찍는 인물이다. 그는 도섭영감과 훈이 칼부림을 하며 육탄전을 벌일 때 번개같이 나타나 훈에게 낫을 내려치려는 자기의 아버지 도섭 영감을 제어하고 훈을 구해낸다. 마지막 장면에서 그는 훈에게 외친다.

> "이른 일이 있을 것 같아서 늘상 마음을 못 놓구 뒤따라 댕겼는데… 오늘은 선생님이 과수원에 계신 걸 보구 새하레 갔다 오는 새에 그만…"
>
> "사실은 선생님더러 어서 여겔 떠나시라구 하구 싶었디만… 누이가 불쌍해서…"
>
> "이제라두 곧 여겔 떠나십쇼. 다시는 이놈의 피를 묻히디 않두록… 그리구 불쌍한 누이를 데리구 가주십쇼…"
>
> _ 황순원, 앞의 글, p.249.

삼득이 덕분에 생명을 구한 훈은 그 순간 그의 몸 한가운데에 어떤 불씨 같은 게 남아 있다가 고개를 드는 걸 느낀다. 그 불씨가 외친다. '왜 이러고 섰느냐, 어서 오작녀에게로 가거라. 어서 오작녀에게로 가거라!'

훈과 오작녀는 자유를 찾아 남으로 떠난다.

9. 그립다 말을 할까 하니 그리워

그립다 말을 할까 하니 그리워

그냥 갈까, 그래도 다시 더 한 번

저 산에도 까마귀 들에 까마귀

서산에 해 진다고 지저귑니다

앞 강물 뒷 강물 흐르는 물은

어서 따라 오라고 따라 가자고

흘러도 연이어 흐릅디다려

_ 김소월 시, 「가는 길」 전문

　　주인공 박훈의 모습을 내 마음 속에 형상화해 봤을 때 바로 소월
의 시 「가는 길」이 떠올랐다. 더 나아가 「가는 길」을 쓴 김소월 시
인과 『카인의 후예』를 쓴 황순원 작가를 막연하게나마 동일 선상
에 놓게 됐다. 김소월 시인은 황순원 작가보다 13년 먼저 태어났
지만, 두 사람 다 일제강점기 평안남북도 태생으로 비교적 유복한
집안에서 태어났고, 독립운동가이자 일제 강점기의 교육자, 기독
교인이었던 고당 조만식이 교장으로 있었던 오산학교에서 공부했
다. 일본유학을 했다는 사실에서도 공통점을 보여주고 있다. 그 태
생이 특별히 중요하다고 할 수는 없겠지만, 마음속에 순수성을 간
직하며 자랐고 20세기 초 격랑의 시대를 살았다는 점 또한 괄목할

만하다. 특히 하고 싶은 일도, 하고 싶은 말도 제대로 못 하고 그냥 세월에 떠밀려 흘러내려가는 황순원이 그린 박훈의 모습이 김소월의 시 속에 고스란히 담겨져 있는 것 같아 내 마음을 아리게 한다.

그리고 한 걸음 더 나아가 박훈을 찍어낸 듯 닮은 내 남편을 박훈의 자리에 대치해 보게 됐다. 하긴 책을 펴들고 읽기 시작할 때부터 나는 박훈의 성품이 어쩌면 이토록 내 남편을 닮았을까 하는 놀라움을 금하지 못했다.

내 남편 김태원은 1933년 평양에서 사업을 크게 했다는 댁의 여덟 남매 중 막둥이로 태어났다. 쉰을 바라보는 어머니에게서 태어난 탓이었을까. 그는 박훈처럼 어려서부터 허약했다고 한다. 특히나 아홉 번째로 태어났던 동생이 얼마 살지 못하고 돌림병에 걸려 세상을 떠나자 위로 아들이 있긴 하지만 딸 다섯이 내리 태어난 다음 세상 빛을 본 막둥이였기에 그가 차지한 사랑과 보호막은 대단했다. 태어날 때부터 순한 성품도 성품이려니와 어려서부터 단 한 번도 무언가가 필요하다고 느껴보지 못했다 하니 더 말해 뭣하랴. 배가 고프다고 느끼기 전에 이미 밥상이 차려져 있었고, 물자가 귀하던 시절이었음에도 불구하고 신발이 닳거나 작아지기 이전에 새 신발, 새 교복, 새 내의가 마련돼 있어, 아침에 눈비비고 일어나 새 옷으로 갈아입고 새 신발에 발을 넣기만 하면 끝. 학용품이고 용돈이고 그냥 꺼내 쓰면 됐으니까.

그렇게 자란 탓이었겠지. 공부도 할 만큼 했고 사회적 지위도 남부럽지 않았건만 내가 결혼해 사는 동안 마냥 착하기만 했던 남편은 늘 '허허' 웃었고 매사에 양보하기 위해 태어난 사람 같았다. 자신이 원하거나 응당 자신 몫이어야 할 일도 옆 사람이 원하면 즐겨 양보했고, 본인은 뒷전에 물러앉았다. 그래야 맘이 편하다 했다. 박훈이 그토록 마음에 담고 있던 오작녀, 이 세상 누구보다 원하고 곁에 두길 갈망했음에도 그걸 제대로 표현조차 못했던 것과 어찌 이토록 닮을 수가! 박훈이 작품으로 태어난 해가 1953년이고 그때 나이가 29살 청년으로 되어 있었으니 현실 속의 내 남편보다 아홉 살 많은 형뻘이 되겠다.

오래 전 유명을 달리한 내 남편이 새삼 그리워지는 것은 어쩐 일일까? 더 갖지 못해 갈가마귀떼처럼 아우성치는 요즘의 민심, 날로 각박해지기만 하는 우리네 삶 속에서 세상의 때가 묻지 않고 욕심낼 줄 모른 채 사람의 도리를 지키며 살다 간 맑고 순수했던 그의 착한 심성 때문이리라. '그립다 말을 할까 하니 그리워 돌아설까 그래도 다시 또 한 번…' 지금 내 곁에서 내게 남은 삶의 여정에 동행해 주었더라면 더 없이 좋았을 것을… 그랬더라면 나도 이제는 주저함 없이 '그대를 사랑합니다'(연극 〈그대를 사랑합니다〉, 강풀 웹툰 원작을 각색한 연극으로, 우유배달 할아버지와 파지를 줍는 할머니 사이의 서툴면서도 순수한 사랑을 그린 작품)라고 말할 수 있을 텐데.

작가 박완서는 그의 단편 「그리움을 위하여」에서 이렇게 말한다.

"그립다는 느낌은 축복이다. 그동안 아무것도 그리워하지 않았
다. 그릴 것 없이 살았으므로 내 삶이 얼마나 메말랐는지도 느끼
지 못했다."

_ 박완서, 「그리움을 위하여」, 2001년 황순원문학상. 문예중앙, p.39.

나도 나이 들면서 알게 됐다. 그립다는 느낌 그 자체가 축복이
라는 것을!

험난한 시대를 통과하는
삶의 유형들

『나무들 비탈에 서다』

이승일

　중학교에 다닐 때였다. 친구가 동그란 고리가 달린 메모장을 보여주었다. 읽은 책에 대해 이것저것 기록해서 묶어 놓은 것이었다. 책을 읽고 메모해두면 나중에 책에 대해, 책을 읽던 시절에 대해 기억할 수 있어서 좋다고 했다. 친구의 독서카드는 신선한 자극을 주었다.

　나도 곧바로 메모장을 사서 책을 읽을 때마다 제목, 저자, 출판사, 읽은 날짜, 마음에 와 닿은 구절 등을 기록해놓았다. 한 장 한 장 늘어나 제법 묵직해진 나의 독서카드에 마음이 뿌듯해져서 마치 보물단지처럼 귀하게 여겼던 기억이 생생하다.

　독서 후에 간단한 메모를 해두긴 했어도, 독후감이라 이름 붙일 만한 것은 작년에 처음 써본 것 같다. 학교 다닐 때 분명 독후감을 썼을 것이나, 그건 귀찮고 하기 싫은 숙제였을 뿐, 친구들과 놀기

바빴던 나는 그냥 억지로 해치우듯 대충 써서 냈나 보다. 그래서인지 독후감을 제대로 써 봤다는 기억이 별로 없다.

올해는 황순원의 소설 『나무들 비탈에 서다』를 읽고 독후감을 쓰기로 했다. 책을 처음 받아들고 빛의 속도로 한 번 읽었다. 답답했다. 요즘 아이들 표현대로 말하자면 꿀꿀했다. 천천히 다시 읽기 시작했다.

이건 마치 두꺼운 유리 속을 뚫고 간신히 걸음을 옮기는 것 같은 느낌이로군.

첫 문장의 표현은 절묘하게도 독후감 쓰기를 앞에 두고 있는 내 심정 같다. 작가의 의도와는 상관없이 말이다.

한 보름 전쯤 강원도 쪽으로 나들이를 다녀왔다. 제천을 지나 영월 쪽으로 들어서면서 산세가 급격하게 깊어지는 게 느껴졌다. 나뭇잎이 다 떨어진 나목들이 산비탈에 서 있다. 모두 한결같이 가느다란 잡목이다.

엊그제는 연극을 보러 몇 년 만에 대학로에 갔다. 마로니에공원을 지나는데, 키다리 아저씨 정원에 있는 나무처럼 많은 아이들이 올라가 놀아도 될 만큼 든든하고 풍성한 나무가 몇 그루 서 있었다. 요즘, 어딜 가도 나무들이 눈에 들어온다. 아마도 황순원의 소설 『나무들 비탈에 서다』를 읽고 독후감을 어찌 쓸까 고민하고 있던 까닭이 아닐까.

소설은 휴전을 앞둔 1953년 7월의 어느 날, 산골마을을 수색하는 장면에서 시작된다. 북방에 위치한 중공군과 국군 사이에서 전투가 벌어진 상황인데, 실제로 당시 이 지역에서 일주일간 치열한 전투가 벌어졌었다는 기록이 있다.

수색하면서 마을로 진입하기 전의 긴장감이 "이 고요하고 거침새 없이 투명한 공간이 왜 이다지도 숨 막히게 앞을 막아서는 것일까 (…) 이 밀도 짙은 유리가 그대로 아주 굳어버려 영 옴쭉달싹 못하게 될 것만 같았다"라고 묘사된다. 왜 소설의 첫 시작에 '유리'가 등장했을까? 뜬금없이 드는 생각이었다.

어느 시인이 "인간은 굉장히 잘 깨지는 존재 같다. 그래서 누군가를 사랑하기도 힘들 뿐더러 충분히 다가갔다고 생각하는 순간에도 어떤 간격, 투명한 벽이 가로막고 있어서…"라고 한 말이 생각났다.

전쟁이라는 극한상황을 겪은 현태, 동호, 윤구를 중심으로, 석구, 장숙, 옥주, 계향, 선우상사 등 젊은이들의 정신적 방황과 갈등을 그린 소설 『나무들 비탈에 서다』는 전쟁의 비참함과 그 후유증으로 말미암은 고통을 생생하게 그리고 있다. 한계상황과 인간심리에 대한 작가의 묘사가 치밀하다. 등장인물들을 한 사람 한 사람 되짚어보며 소설『나무들 비탈에 서다』에 대한 나의 감상을 이야기해보고자 한다.

제일 먼저 현태. 전투 장면을 통해서 드러나는 현태는 냉정하고 현실적이며, 동료들을 리드하는 호방한 성격을 가진 인물인 것 같다. 사업하는 아버지 덕분에 밝은 미래도 가지고 있었고, 전쟁이라는 한계상황에서도 유머와 민첩함을 보였는데, 수색 중 한 마을에서 일어난 일이 덜미를 잡게 될 줄은 꿈에도 몰랐을 것이다.

> "참. 아까 그 여자가 첩보원은 아니겠지?" 현태가 자리에서 일어나며 윤구더러 "본부에 연락해, 돌아간다구." 그리고는 총을 메고 터벅터벅 산 밑으로 내려가는 것이다.

동호는 현태가 산 밑으로 내려가는 목적을 알 것 같았다. 여인을 없애려는 것이다. 실은 여인이 적의 첩보원이 아니라 하더라도 나중에 이쪽의 행동이 적에게 알려질 우려가 있는 경우에는 중대본부로 데려가야 하는데, 그것이 귀찮으니까 숫제 없애버리려는 것이리라. 그래서 아까 낮에 '하나도 남지 않았다'고 중대본부에 보고했구나. 동호는 현태가 사라진 그늘을 보면서 이제 총소리가 들려오려니 했다.

윤구가 동호 곁으로 다가서며 "뭘 그렇게 심각하게 내려다보구 있어? 딴 생각 말구 이제 돌아갈 걱정이나 해."라고 말하는데, 총소리는 들려오지 않고 현태가 무엇으로 손을 문질러 닦으며 올라왔다. 어떻게 된 일일까. 현태는 아무 설명 없이 동호를 향해 "자, 떠나 보지. 뭘 등신처럼 그렇게 바라보구 있어?"라고 말하나, 마을 쪽을 내려다보고 있던 동호는 아무런 대꾸도 하지 않았다.

이튿날 현태는 동호에게서 색다른 시선을 느낀다.

> "왜 또 그런 눈으로 사람을 보는 거야? 꼭 무슨 드러운 물건이나 보는 것 같은 아니꼬운 눈초리루?"
>
> "어제 그 여잘 어떡했어?"
>
> "자식, 그걸 가지구 그러는 거야? 그렇게 알고 싶다면 내 얘기하지, 내가 내려가니까 그 여잔 되레 낮처럼은 놀라지 않드라, 그리구 별루 항거하는 빛두 없구. 그런데 말이야. 일어나 나오려는데 손을 와 잡지 않겠어? 그 손이 뭣을 말하는지 알았지. 무서우니 같이 있어 달라는 거야. 하지만 될 일야? 해치워 버렸지. 어제 일은 그뿐야."

전쟁이 끝나고 일상으로 복귀해 살아가던 현태는 어느 날 아이를 안은 한 여인을 보고 나서부터 자기가 전쟁에서 살해한 여인에 대한 죄의식에 시달린다. 죄의식을 잊기 위해 술과 여자에 빠져 자학적으로 허무하고 권태로운 생활을 하던 현태는 술집 여자 계향의 자살을 방조한 혐의로 구속되어 무기징역형을 선고받는다.

다음은 동호. 동호는 생존을 위해 냉정함과 민첩함이 요구되는 군 생활에 적응하지 못하고 전쟁터의 비인간적인 생존논리를 받아들이지 못한 채, 두고 온 애인 숙과의 순결한 사랑만을 생각한다. 그러던 동호는 자신의 병적인 결벽성을 놀리던 현태의 장난으로, 술집 여자인 옥주에게 '강간'을 당하고 말았다고 믿게 된다.

실제로 이런 일이 일어날 수 있다. 예를 들어, 도랑 같은 것을 뛰어 건너다가 잘못하여 한 발을 물에 빠뜨리게 될 때가 있다. 이런 때의 불쾌감은 이만저만한 것이 아니다. 도랑물이 더러운 흙탕물이거나 구정물일 경우에는 더욱 그렇다. 게다가 신발이 새것이고 보면 정말 화가 치밀어 못 견딜 지경이 된다. 왜 좀 더 멀리서부터 뛰어서 무사히 건너지 못했을까. 그러나 어느 순간, 어쩔 수 없다고 느끼게 되면, '에라 모르겠다' 하고 젖지 않은 발마저 도랑물 속에 넣고 마구 절벅거리고 싶어지는 수가 있다. 바로 그 직전의 심정 같은 것.

어쩌면 동호는 작부 옥주에게서 순수한 모습을 찾으려 했던 건 아니었을까. 그렇게 해야 자신의 결벽증적인 성격에 휴머니즘이 더해져, 술집 여자와 맺은 관계로 인한, 아니 술집 여자에게 당한 강간으로 인한 찝찝함에서 온전히 벗어날 수 있다는 생각이 잠재의식 속에 있을 수 있었으리라 추측해본다.

그러나 동호는 자존감을 떨어뜨리는 특별한 경험으로 그에 동반되는 수치심을 참지 못했다. 옥주 방에 총기를 난사하고 술병을 깨서 유리 조각으로 자기 왼팔의 동맥을 잘라 자살한다. 서두에 유리에 대한 이야기가 등장한 것도 어쩌면 동호의 '유리 멘탈'과 죽음의 도구에 대한 복선의 설정이 아니었을까.

그리고 윤구. 윤구는 어릴 적 부모를 잃고 숙부집에서 자랐는데, 숙부네마저 폭격으로 죽고 나서는 혈혈단신 혼자가 된다. 전쟁을 경험하게 되고 전쟁에서 체득한 비정함을 통해 이기적인 삶을 영위해간다. 가정교사로 있던 주인집 딸 미란을 임신시켰고 그녀가 무리하게 중절수술을 받다가 죽게 되었으나, 윤구는 일말의 죄의식도 없이 오히려 미란을 그렇게 만든 게 현태가 아닐까 하는 의심으로 자신의 책임을 면피하려 할 정도로 이기적이다.

또한 자신의 목적에 충실한 현실적인 사람이다. 다른 사람의 아픔이나 괴로움에는 전혀 관심이 없다. 혼자 힘으로 자신의 삶을 살아내야 하는 사람으로서 주변에 관심을 둘 처지가 아닌 건 어느 정도 이해할 만하지만, 유리로 만든 벽을 가지고 있는 사람 같다.

정도의 차이는 있겠지만 나를 포함한 많은 사람들이 이 부류에 속하지 않나 하는 생각이 잠시 들기도 했다. 서 있는 것이 '꼰드랍게' 보이던 강원도 어느 산비탈의 잡목들처럼 말이다. 그나마 윤구를 생각할 때 위로가 되는 부분은 '부끄러웠다'고 말한 구절이다.

실낱같이 가느다랗지만 그래도 인간적인 희망이 보였다.

김 하사는 '사고뭉치 김 하사'라는 별명이 있을 정도로 보급물자를 훔치기도 하고 탈영을 감행하기도 했던 사람이다. 윤구와 함께 중공군에게 잡혀 가던 중 탈출하다가 죽는다. 김 하사의 유언에 따라 흙 한 줌을 그의 부모에게 보냈는데, 아들의 사망소식을 듣기 전에 김 하사 아버지가 보낸 답장을 통해 김 하사의 진면목을 알게 된다. 훔친 보급물자를 팔아서는 부모에게 돈을 보내고, 탈영을 해서는 부모의 농사일을 거들고 돌아왔다고 한다. 김 하사 아버지의 편지에는 아들이 보낸 돈으로 논을 사게 되어 너무 좋다는 내용도 있었다.

이 대목에서 왜 친구 오빠가 생각날까? 친구 오빠는 월남전에 참전했었다. 친구 오빠는 귀국하면서 소니 라디오를 비롯한 여러 가지 외제 물건을 사가지고 왔는데, 그 물건들을 보고 좋아하던 가족들에게 불같이 화를 내고 집 밖으로 나갔다는 말을 들었다. 그게 어떻게 해서 번 돈으로 산 물건인지 알고나 좋아했던 것인지….

선우 상사는 목사의 아들인데, 그의 부모가 이북에서 학살당했다. 그는 부모의 피 갚음을 한다고 부역자 한 사람을 사살한 일이 있는데, 그 일을 포함한 일련의 충격들로 인해서 그는 정신이상을 일으키고 만다.

석기는 사법서사였던 아버지의 소원대로 판검사가 되기 위해 법학과에 진학했지만 아마추어 권투선수가 되었고, 전쟁 중 얼굴에 폭약을 뒤집어쓰고 정신을 잃었다가 깨어보니 눈이 상해 있었다고 한다. 그리고 술집에서 시비가 붙어 팔목까지 못쓰게 되어버렸다.

동호의 애인이었던 숙은 동호의 자살 원인을 알고 싶어서 현태와 윤구를 찾아다니다가 현태의 성폭행으로 아이를 가지게 된다. 숙은 자신의 상황에 직면해서 자신이 어떻게 책임을 질 것인지, 어떤 행위를 해야 할지를 결심하고, 윤구에게 도움을 청하지만 거절당한다. 그러나 숙은 아이를 낳아 키우며 꿋꿋하게 살기를 다짐한다. 소설은 그렇게 내일의 희망을, 그 불씨를 살려두는 것으로 끝이 난다.

소설은 2부 17장으로 구성되어 있다. 1부는 1953년 7월 휴전 직전의 전투와 군대에서의 생활과 일련의 사건들에 대한 이야기를 다루고 있고, 2부는 휴전하고 4년이 지난 1957년 정초부터의 이야기로 시작된다.

그런데 60년 전에 쓰인 소설 속 인물들의 이야기가 왜 낯설지가 않을까. 지금도 도처에서 현태와 동호, 윤구를 볼 수 있기 때문인 것 같다. 그래서 독후감을 쓰는 동안 마음이 많이 아팠다. "남자는 여성의 자식이고 우리는 그들을 다시 돌보네"라는 시구가 기억나서일까?

이 시구는 켄 로치 감독의 영화 〈빵과 장미〉에서 들었던 것인데, 이 영화 제목은 원래 제임스 오펜하임이 지은 동명의 시에서 따온 것이었다. 여기서 빵은 생존을 위한 투쟁을, 장미는 인간의 존엄성을 찾고자 하는 의지를 의미한다. 또한 빵은 생명을 위한 양식을, 장미는 정신을 위한 양식을 상징하기도 한다. 제임스 오펜하임은 인격을 외면당한 채 위험한 작업환경에서 형편없는 임금으로 장시간 가혹하게 노동력을 착취당하는 여성 노동자들에게 빵은 물론 장미도 필요함을 역설했었다.

대학 때 선택과목으로 사회학을 한 학기 들었던 적이 있었다. 그때 '아노미 상태'라는 말을 처음 들었다. 아노미 상태가 되면 뭐가 옳고 그른지 기준이 혼미해진다. 그래서 법과 질서를 무시하고 자기 자신의 이익만을 추구하는 경향을 보인다. 심한 무력감과 자포자기에 빠지고, 그게 깊어지면 자살까지 하게 된다는, 즉 사회적, 개인적으로 불안정한 상태가 된다는 이론이다.

전쟁이라는 상황은 모두에게 아노미 상태였을 것이다. 동호는 죽기 전 "우리는 피해잘까 가해잘까? 전쟁터에 나온 젊은이들은 모두 피해자인 것 같다"고 말한다. 정말로 모두가 피해자이기만 했을까?

현태의 아이를 가진 동호의 애인 숙, 동호에게 사살 당한 옥주, 현태가 건네준 칼로 자살한 계향이는 누구의 가해로 피해자가 되었나. 피해자라고 자처하는 소설 속의 남자들이 바로 가해자가 아니었던가.

남성이 여성의 가치를 정하는 가부장적 사회에서의 관습으로 인해, 자신이 보호해야 할 여성(동호에게 있어서 숙)과 그렇지 않은 여성(동호에게 있어서 옥주, 현태에게 있어서 계향, 현태에게 있어서 숙)을 대하는 마음이나 자세에 아무런 개념이 없었다고 볼 수 있다. 자유가 제한을 받는 한계상황에서는 여자를 낮추어보는 관습의 전횡이 극에 달할 수 있다는 것은 전쟁을 배경으로 한 소설 속에서 많이 봤다. 소설 속에만 있을까? 많이 바뀌었다고 하지만, '성접대'며 '미투'라는 단어들이 뉴스에 등장하는 것을 보면, 비단 한계상황이나 소설 속에서만이 아니라 현재 진행형이란 생각이 들어 쓸쓸하다.

나는 이 소설을 읽는 내내 '참 무책임한 사내들이군.'이라는 생각을 했다. 그러다 문득 그 '사내들'이 젊은이라는 데에 생각에 미쳤다. 살아보지 않았던 미래에 대한 불안보다 현실의 '아노미 상태'를 견디기가 더 힘들었을지도 모르겠다는 생각도 들었다. 살다 보면 살아지기도 하는 법이기는 하지만, 때때로 스며드는 부끄러움으로 인해 스스로 움츠러들고 허무에 빠지는 일을 견디는 것이 쉽지 않았을 테니 말이다.

소설 속에 등장했던, '자기를 용서하지 못하고 사는 사람들'이 요즘도 여전히 많이 있다. 자신과의 화해가 제대로 이루어지지 않으니 그 분노를 움켜쥐고 있다가 작은 일에도 자극이 촉발되어 그 분노를 밖으로 표출하여 타인을 공격하고 자신을 혐오하는 것이 아닐까. 현태와 동호처럼 말이다.

소설 『나무들 비탈에 서다』는 사람이 무엇인가, 사람이 사람에게 해도 되는 일, 해서는 안 되는 일이란 어떤 건가 생각하게 하는 작품인 것 같다.

숙이 현태의 아이를 낳아 기르려 한다는 마지막 암시는 자신이 선택하고 책임을 지려 하는 인간의 실존적 태도라고 볼 수 있다. '혼자 아이를 낳아 기른다는 것이 현실적으로 얼마나 어려운 일인데…' 복잡한 생각이 꼬리에 꼬리를 물고 일어나는 걸 느끼며 실소가 새어나왔다. '이건 소설이야…'라며 애써 외면해 보려 했지만, 마음속에서 나는 소리는 '이건 현실이야'였다.

마로니에 공원에서 보았던 든든한 나무는 참 보기에 좋았다. 내게 좋은 기억으로 남아 있다. 잎사귀가 나와서 울창해지면 많은 사람들에게 그늘도 만들어줄 것이고, 편안하고 넉넉한 쉼터가 되어주기도 할 것이다. 여전히 힘든 사람들이 너무 많은 현실이지만, 때때로 이곳에서 잠시 숨 고르기라도 하면 팍팍한 삶에 시원한 공기가 들어갈 수 있어서 좋겠다는 생각을 했다.

비탈이 아닌 곳에 서 있는 나무들은 다 이렇게 건강한가. 나무는,

아니 우리 인간도 이렇게 비탈이 아닌 곳에 서 있어야 하는 게 아닐까. 그리고 그것은 이 세상에 생명을 받고 온 인간이 추구해야 할 도리이자 책임이며, 보다 정색하고 말하자면 인권의 추구가 아닐까.

운명론적 '고독'의 존재양식

『일월』

김삼성

    어릴 적 어머니를 따라 정육점에 간 적이 있었다. 누구에게나 공손하게 존대를 하시던 어머니께서 정육점 아저씨에게는 눈 맞춤을 피한 채 하대하시는 것을 보았다. 어린 눈에도 그 광경이 너무 이상하여 나는 그 연유를 여쭤보지 않을 수 없었다. 세상이 바뀌어 백정이 사회에 나와 살게 되었지만 옛날 같으면 말도 섞지 않을 신분이라는 말씀을 해주셨다. 어쩔 수 없이 고기를 사러 가기는 했으나 그와 말을 섞은 것이 못내 언짢으신 기색이 역력했다. 그가 백정일 리는 없었겠지만 칼 들고 고기 써는 사람은 어머니께 모두 같은 부류의 사람으로 여겨진 듯했다. 나는 오랫동안 그 가게 앞을 지날 때마다 그 일을 떠올렸다.

    봉건사회에서의 백정의 신분은 사람이랄 것이 없는 갖은 학대와 멸시, 모욕과 천대를 감내해야 하는 신분이었다. 이름에는 어질

'인仁' 자와 의로울 '의義' 자를 쓸 수 없었다. 머리는 삭발을 해야 했고 검정버선에 짚신을 신어야 했다. 복색의 차별 또한 있었는데 갓 대신 패랭이를 썼고 동정이 없는 저고리와 옷고름 대신 실단추를 달아 입었다. 두루마기는 입을 수 없었고 옷감은 삼베나 무명만 입어야 했다. 결혼을 해도 남자는 상투를 틀 수 없었고 여자는 아이를 낳고 나서야 머리를 올려 비녀를 꽂을 수 있었다. 사는 곳 역시 정해져 일반 백성들과 자유롭게 섞여 살 수 없었다.

황순원 작가의 작품 『일월』은 신분사회의 어두운 그늘이 불러온 한 백정 출신 일가족의 몰락과정과 비극적인 결말에 관해 쓴 작품이다. 1962년부터 1964년까지 《현대문학》에 연재된 장편소설로 작가가 인간의 숙명적 존재 양식 '고독'이라는 중심적 과제를 정면으로 추구하고 있다. 엄중한 봉건사회를 살았던 시대로부터 개화의 물결을 타고 격변의 시대를 거쳐 세상은 달라진 듯 보이지만 면면히 흐르는 신분에 대한 차별은 사변 후 산업화를 겪으면서 오늘날에 이르기까지 얼마간 존재하고 있는 것은 사실이다. 백정이라는 극한 신분을 도입하고는 있지만 그 제도에 대한 비판을 의도하고 있지는 않는 것 같다. 그저 숙명적 조건의 부여로 보여지는 동시에 하나의 상징적 장치로서 고독이 작중 인물들에 촉발되는 계기의 마련인 것이다.

이 작품에는 다양한 군상의 인물들이 각자의 숙명과도 같은 '외

황순원문학관 전경

로움'을 방황하고 고뇌하며 자기만의 방법으로 감당하며 스스로 구원의 길을 찾아가고 있다. 주어진 '백정'이라는 한계상황을 극복해내는 방법 또한 다양하다.

주인공 인철은 대학원에서 학위논문 준비 중에 있는 장래가 촉망되는 건축공학도이다. 근래에 사귀기 시작하여 급속도로 사이가 가까워져가고 있는 나미의 아버지로부터 건축설계를 의뢰받을 정도로 실력을 인정받고 있기도 하다. 그러나 우연히 자신이 백정의 후손이라는 충격적인 사실을 알게 되고, 이 사실은 그의 이제까지의 삶의 바탕을 근원적으로 뒤흔들어 놓는다. 그의 정신적 방황이 시작되고 모든 타인들과의 관계 속에서 스스로 소외되어 절대적인 외로움을 느낀다. 어렸을 적부터 소꿉친구요 누나처럼 다사롭게 감싸주는 다혜와 만나도 예전 같은 편안함을 의식할 수 없고, 구김살 없는 정열로써 접근해오는 나미에게도 전처럼 대할 수가 없다.

누구와의 만남으로도 해소될 수 없는 자기 숙명과의 싸움을 시작한다. 자기의 의지와는 전혀 상관없이 백정의 후손이 된 인철은 우선 자신의 숙명의 실체를 확인하기 위해 지 교수와 함께 분디나뭇골을 찾는다. 그리고 백부인 본돌 영감에게서 숙명을 받아들이고 사는 비인간적인 삶을 목도하게 된다. 사촌형 기룡을 만나지만 자신은 아버지 외에 가족이 없다며 곁을 주지 않는다. 그러나 인철은 그를 여러 번 찾아가고 사촌형인 기룡과의 만남을 통하여 자기 고독을 확인할 수 있게 된다. 뿐만 아니라 그 고독을 딛고 일어서려는 삶의 의지를 다진다. 또 그에게서 외로움을 극복하는 삶의 방식을 배우게 된다. 다혜를 사랑하면서도 나미를 받아들이는 모습에서 여자를 통한 외로움을 극복하려는 것처럼 보인다. 그러나 자신의 정체를 알고도 담담하게 받아들이는 두 여인에게 "너는 너, 나는 나"라는 거리감을 두는 인간관계를 형성하는데 성공하며 외로움을 극복하는 모습을 보인다. 이런 어려운 시련 끝에 인철은 다시금 자아를 바로 세울 수 있게 된다.

아버지 상진 영감은 어렸을 때 백정이라는 이유로 받아야 했던 수모와 모욕감을 견디지 못하고 혈연을 끊을 결심을 하게 되고 백정의 세계를 떠난다. 고향을 떠나 위장된 신분으로 소외된 외로움을 견디기 위해 사업에 몰두한다. 그에게 사업은 종교였다. 사업을 성공시켜 신흥부자가 되고 자식들은 영원히 백정의 후손이라는 사실을 모르고 자유로운 신분으로 살아가기를 소망한다. 그러나 그 모든 사실이 드러나면서 사업은 치명적 실패로 돌아가고 또 다른 선택을 하며 자살하고 만다. 고비마다 운명과 맞닥뜨리며 선택을 해야 했던 그였지만 비극을 피해갈 수 없는 결과를 맞는다. 고향마을에서 돌부리를 들어 천대와 멸시를 하던 친구들을 내리치려 했던 돌부리에 결국 자신이 걸려 넘어지며 죽음을 맞이하는 것이다. 그는 고향 마을을 떠나오지만 형님 본돌 영감은 여전히 그 마을에

살면서 백정의 관습을 따르며 살고 그의 둘째아들 기룡은 가업을 물려받아 도수장에서 백정으로 일하고 있다.

어머니 홍씨는 남편이 외도로 낳은 딸 인주를 집에 들이면서부터 배신감으로 남편과의 부부생활을 포기하고 소외감을 느낀다. 남편의 사랑을 받아보지 못한 채 보람 없이 살아오던 홍씨는 아예 기도원으로 옮겨가버린다. 인주와 인철의 관계를 의심하지만 확인하지 않는다. 방문을 걸어 잠그고 자기만의 세계에 빠져 갖가지 동물들과 소통하는 작은아들 인문에게도 다가가지 않는다. 가족 간 대화의 단절은 그녀가 의식의 문을 닫아걸고 타인과 타협할 수 없게 만든다. 그녀는 공고한 자신만의 성을 쌓고 그 안에 갇혀 종교에 집착하면서 기도의 처소를 마련하고 구원을 기도한다. 외로움을 풀고자 하는 일련의 행위이나 그러나 그 어디에도 구원은 없다는 것이 작가의 결론인 듯하다.

공무원으로 승승장구하던 큰아들 인호는 새로운 임지에 부임하여 웅지의 날개를 펴려던 순간 민원을 들고 온 백정 본돌 영감이 백부인 것을 알고 기겁을 한다. 자기의 미천한 신분이 밝혀질까 전전긍긍하다가 결국 아버지와 가족들과 절연하고 타인으로 살아가겠다는 장문의 편지를 남기고 아버지 상진 영감처럼 숙명을 은폐하기로 결심하고 제2의 상진 영감이 되어 사라진다.

누이 인주는 자신을 '죄의 씨앗'이라 여기는 어머니와 사생아로서의 자신의 처지에 대한 외로움을 연극에 몰두함으로써 해소하려 노력한다. 유일한 소통의 창구였던 인철과 오해로 인해 의사소통이 어렵다는 것을 안 순간 좌절하고 만다. 그 일로 불의의 교통사고를 당하고 평생 불구를 안고 살아가게 된다. 인주는 계속되는 불행에 익숙해져 가고 여러 번의 절망과 불행이 계속될수록 그 절망과 외로움을 이겨낼 힘이 생기게 된다. 그렇게 인주는 자신의 불행을 담담히 받아들이며 고독을 극복해간다.

막내 동생 인문은 방에서 갖가지 희귀한 동물들을 키우며 자기세계에 빠져 있다. 그것이 그가 대화가 없는 가족에게서 외로움을 극복하려고 노력하는 방법이다. 그러나 그를 이해하지 못하는 어머니가 가출한 것이 자신 때문임을 알고 무너지고 만다. 어머니를 찾아 기도원에 가게 되고 어머니의 그릇된 신앙을 방조하며 그 곁을 지킨다.

이 소설의 또 다른 주인공은 인철의 사촌 '기룡'이다. 부역하던 이웃이 어머니와 형을 죽인 것을 알고 찾아가 도살하던 칼로 도망간 원수의 아비를 죽이지만 아버지 본돌 영감은 그 죄를 뒤집어쓰고 평생을 살아간다. 사람을 죽인 죄의식과 아버지에 대한 부채의식으로 칼을 잡는 걸 피하고 싶었지만 백정이 된다. 그리고 현실적인 외로움을 감내하며 백정으로서 당당하게 살아간다. 그는 마치 육체와 정신이 외로움의 집약체인 것처럼 말과 행동으로 '외로움'을 나타내 주는 인물이다. 그는 외로움을 긍정하며 외로움을 견디고 처리함으로써 해탈의 상태에 도달하려 한다. 인간이 가진 본질적인 외로움은 어떤 노력으로도 해소할 수 없다는 확신에 차 있는 듯하다.

"인간이 소외당한 자기 자신을 찾으려면 각자에 주어진 외로움을 우선 참구 견뎌가는 데서부터 시작해야 할 거야."

라는 기룡의 말은 인간의 본질인 외로움을 긍정하고 감당하며 수락하는 것이다. 그는 자신이 하나의 절대요, 구원이라고 믿는 것 같다. 이는 또한 작가가 독자에게 하고 싶은 말인지도 모른다.

소설은 인철이 건축한 집에서 약혼을 발표하려는 나미를 두고 파티장을 떠나 기룡을 찾아가는 장면으로 끝을 맺는다. 그가 벗어 나뭇가지에 걸어두고 가는 그의 고깔은 그가 외로움을 벗어던지고 자아를 찾아 홀로 서는 의미처럼 보인다.

작가는 지 교수라는 인물로 백정에 관한 연구를 하는데 지 교수 역시 교수이기는 하나 그 배경에는 소외된 계층임을 암시하고 있는 지도 모른다. 어렸을 적 나에게 아버지께서는 특별한 성씨 일곱 개를 거명하시며 그런 성씨를 가진 친구들과 가까이 하지 말기를 주문하셨다. 그중에 지씨 성이 있었다. 나중에 그 설說이 근거가 없다는 말을 듣기는 했으나 소설이 쓰여질 즈음에는 공공연히 그 말이 돌고 있었다. 지 교수를 통해 백정에 관한 연구를 하고 그 뿌리가 그리 천박한 것만은 아니었다는 근거를 찾아내려 한 것은 작가의 인본주의적 사고에서 기인한 것은 아닐까 생각해본다.

이 작품에서 작가는 인간이 자신의 의지로 풀 수 없는 가장 극한 상황에 처했을 때 어떻게 대처하는가를 각기 다르게 적고 있다. 숨기는 사람, 숙명으로 받아들이는 사람, 도망가는 사람, 방황하는 사람 그러나 그 상황을 극복하는 과정의 한가운데에는 공통적으로 '인간의 근원적인 고독'이 자리하고 있다. 그리고 그 고독은 오롯이 자신이 극복해야만 하는 몫이다. 그리고 그 외로움의 극복이 곧 구원에 이르는 길이라고 말하고 있다.

나는 이 소설을 읽으며 자신의 치부를 당당히 받아들이고 초연하게 살아가는 기룡의 삶에서 내가 가진 열등의식이 대단히 부끄러웠다. 나는 유학을 다녀왔음에도 불구하고 한국에서 명문대학을 나오지 못한 열패감에 시달리며 살아왔다. 누구에게나 한 가지쯤 숨기고 싶은 삶의 한 부분이 있을 것이다. 그것을 극복하고자 하는 노력이 당당하게 살아갈 수 있는 시작이 될 것이다.

콘크리트 틈에서 피어난 풀잎

『신神들의 주사위』

손정란

　주사위는 여러 쓰임과 의미를 가지고 있다. 우선 무언가 확실하게 결정하지 못하고 운에 기대어 선택하기 위한 도구로 쓰인다. 마치 동전을 던졌다 받았을 때 보이는 면에 따라 양자택일을 결정하는 것과 비슷하나, 경우의 수가 동전의 세 배나 되기 때문에 보다 많은 선택지를 놓고 고민할 때 동원된다. 또한, 주사위를 던져서 나온 숫자만큼 이동하여 정해진 목표에 먼저 도달해야 이기는 놀이에 이용되는데, 두 개의 주사위를 동시에 던져서 나온 숫자를 합해서 놀이를 진행하기도 한다.

　주사위가 포함된 가장 유명한 말은 "주사위는 던져졌다"가 아닐까 싶다. 주지하고 있는 것처럼, 일이 되돌릴 수 없는 지경에 이르렀으니 단행할 수밖에 없음을 의미한다. 이 말은 기원전 49년에 율리우스 카이사르가 로마로 진격하기 위해 루비콘강을 건너며 병사들 앞에서 했었는데, 대체로 우리는 카이사르의 '명언'으로 알고 있지만 실은 그가 좋아하던 희극작가 메난드로스의 작품에서 인용한 것이라고 전해진다.

1927년 브뤼셀에서 열린 물리학 학회에서 아인슈타인이 "신은 주사위를 던지지 않는다"라고 한 말은 카이사르가 한 말에서의 주사위와는 사뭇 다른 의미를 가지고 있다. 양자역학에서 어쩔 수 없이 발생할 수밖에 없는 0에 가까운 오차를 인정하자는 학자의 의견에 반해, 아무리 적은 오차도 인정할 수 없다는, 과학은 확률에 의지해서는 안 된다는 의미로 이 말을 했다고 한다.

아인슈타인이 한 말에서 영감을 얻은 일본 소설가 오이시 에이지大石英司는 같은 제목의 소설을 썼고, 그 내용이 드라마로 제작되기도 했다. 소설 『신은 주사위를 던지지 않는다』에서 오이시 에이지가 하고 싶었던 말은 세상의 모든 현상은 확률적으로 또는 우연히 나타날 가능성을 따르는 것이 아니라 인간이 아직 파악하지 못한 것일 뿐 필연이라 할 수 있는 정해진 규칙이나 계획에 의해서 움직인다는 것이었다. 즉 신은 장난스럽게 혹은 될 대로 되라는 식으로 어떻게 나와도 상관없는 것처럼 결과를 운명에 맡기지 않는다는 말이다.

그렇다면 소설 『신神들의 주사위』의 주사위는 어떤 의미로 이해해야 할까? 황순원 작가의 일곱 번째 장편소설 『신들의 주사위』는 계간지 《문학과지성》의 1978년 봄호에 첫 회가 연재되기 시작했으나, 1980년 7월에 잡지가 정간되면서 3부 2장에서 일단 중단되었다가, 월간지 《문학사상》 1981년 8월호부터 1982년 5월호 최종회까지 이어서 연재되었다. 결국 이 대작은 완성까지 4년의 시간이 걸린 셈이다. 같은 해에 단행본으로 출판되었고, 1985년 문학과지성사의 『황순원 전집』 12권 중 제10권으로 다시 출간되었다.

황순원 작가가 이 소설의 제목을 정하면서 아인슈타인이 했던 말을 염두에 두었는지는 알 수 없는 일이나, 소설 『신들의 주사위』에서는 신이 복수로 표현되었다. '신'이 아니라 '신들'이라는 표현에서 전해지는 의도는 유일신과는 다른 존재의 신들을 이야기하고 있다고 생각하게 한다.

신은 유일하다는 신앙을 가지고 있는 나는, 작가가 말한 '신들'이 내가 믿고 있는 '신'과는 거리가 멀다고 느껴진다. 나의 신은 절대적으로 인간을 사랑하고 인간을 위해 모든 것을 내놓을 수 있었던 하나뿐인 신인 반면, 소설 속의 신들은 주사위놀이를 할 수도 있는 신들인 것 같다. 우리가 흔히 '운명의 장난'이라고 말하곤 하는, '차라리 장난이었으면 좋겠다', '장난이 아니고서야 어찌 이런 일들이 일어날까'라고 생각될 일들이 바로 신들의 주사위놀이에 의해 벌어진 게 아닐까. 여러 신들이 제각각 던지는 주사위들이 이 책에 등장하는 인물들의 삶 하나하나를, 사건 하나하나를 만들어간다고 생각된다.

그러나 작가는 '신들의 주사위'에서 그치지 않고, 그것을 넘어서 주사위놀이를 하지 않는 신, 인간을 진지하게 사랑하는 신을 마지막장에서 우리에게 소개한다. 따라서 '신들의 주사위'를 소설의 제목으로 선택한 것은 어쩌면 작가의 반어적인 표현일지 모른다는 생각도 하게 된다.

황순원 작가는 1915년 평안남도 대동에서 황찬영 씨의 장자로 태어났다. 평양숭덕학교 교사였던 황찬영 씨는 재직 중에 태극기와 독립선언문을 배포하고 평양 시내에서 일어난 3·1운동의 선봉대열에서 활약하다가 징역 1년형을 선고 받고 감옥생활을 해야 했다. 그 사실은 『황순원 전집』 제11권 『시선집詩選集』에 수록된 시 「우리들의 세월」의 한 구절, '장차 어떻게 살아가나 어머니가 짐짓 걱정할라치면 나귀로 장사해서 돈을 많이 벌겠다던 다섯 살짜리 아이가, 기미운동으로 옥살이하는 아버지를 힘들여 면회 가선'에서 확인되기도 한다.

작가는 1930년부터 시를 쓰기 시작하여 중학생이던 1931년에 《동광東光》지에 시 「나의 꿈」을 발표하며 등단하였다. 동경에서 유학하던 1934년에는 이해랑·김동원 등과 함께 극예술단체 '동경학생예술좌'를 창립했고, 1935년, 36년에 각각 《삼사문학》과 《창작》의 동인으로 활동하였다. 1939년 일본 와세다대학 영문과를 졸업하고 평양으로 돌아와, 1940년 단편집 『늪』 발간을 계기로 소설에 전념하기 시작했고, 이후 소설집 『기러기』에 「별」, 「그늘」 등을 실었다. 해방 후 서울중학교와 경희대학교에 재직하면서 「목넘이 마을의 개」, 「곡예사」, 「독 짓는 늙은이」, 「학」, 「소나기」 등 단편과 『별과 같이 살다』, 『인간접목』 등 장편을 발표하였고, 1955년 장편 『카인의 후예』로 자유문학상을 받았으며, 계속해서 『나무들 비탈에 서다』, 『일월』, 『움직이는 성城』, 『신들의 주사위』 등 장편을 썼다.

작가는 1957년 대한민국예술원 회원이 된 것 말고는 어떤 직위도 수락하지 않았다. 특별한 보직 없는 평교사로 23년 이상 근무한 경희대학교에서 제의한 명예박사학위도 "소설가는 소설가로 충분하다."며 고사했고, 1996년 정부가 수여하려던 은관문화훈장도 거부했지만, 2000년 고인이 된 후에 서울대학교병원 장례식장에 마련된 자신의 빈소에서 금관문화훈장이 추서追敍되었다. 활동에 있어서도 창작과 교육에만 전념하여 문단활동은 물론 작품집 해설, 머리말, 후기조차 쓰기를 거부했고, 언론의 인터뷰 요청도 예외 없이 거절하는 절제된 작가의 삶을 살았다.

황순원 작가의 '고귀한 삶과 문학정신을 기리기 위해' 양평군과 경희대학교가 함께 국민소설 「소나기」를 배경으로 조성한 테마파크 〈소나기마을 황순원문학촌〉에 소개되어 있는 것처럼, 작가는 한국문학에 순수와 절제의 미학을 이루었으며, 시적 감수성을 바탕으로 하는 간결하고 세밀한 문체, 이야기를 조직적으로 전개하는 소설 미학, 소박하면서도 치열한 휴머니즘, 비극을 비극으로 끝내지 않는 긍정적인 바탕, 한국인의 전통적 삶에 대한 애정 등을 가지고 따뜻한 시선으로 작품을 써 나갔다.

작가의 작품은 연대적으로 시에서 출발하여 단편소설로, 다시 장편소설로 이어진다. 그렇다고 해서 후기에 단편을 쓰지 않은 것은 아니다. 그는 시 104편, 단편소설 104편, 중편 1편, 장편 7편을 남겼다.

그의 소실에서 발견되는 서정적인 아름다움과 따뜻함은 소설문학의 예술성을 세련되게 표현하고 있지만, 그렇다고 해서 아름다움 추구로 인해 간과될 수 있는 역사의식이나 관심이 결코 결여되지 않았다. 그의 붓끝에서 탄생되는 언어는 아프거나 슬퍼도 아름답고, 그가 만들어낸 인물은 악한일지라도 이해할 수 없을 만큼 악하지 않으며, 죽음 앞에도 생명의 소망을 피워낸다. 한마디로 그의 문학세계는 온성溫性과 선성善性을 함께 품고 있다고 할 수 있다.

총 4장 18부로 구성된 소설『신들의 주사위』는 "관계없다아, 관계없다아!"라는 한영의 고함소리로 시작된다. 한영은 이 소설의 중심인물이 아니다. 중심인물 두식 영감의 손자로서 영향력도 존재감도 미미한 인물로 그려졌다. 그럼에도 불구하고 울부짖음에 가까운 그의 외침으로 소설이 시작되는 것은, '결코 관계없다고 말할 수 없는' 갈등에서 소설이 전개된다는 사실을 압축적으로 드러내는 것이라고 볼 수 있다. '관계없다아'라고 말끝을 길게 끌고 있는 것은 가슴 깊이 억눌려 있던 감정을 남김없이 토해 내겠다는 의지의 표현이 아닐까.

언제부터인가 나는 아침에 눈을 뜨고 천장을 바라보면서 '괜찮아, 괜찮아, 괜찮을 거야'라는 혼잣말을 내게 들릴 만한 크기로 되뇌곤 한다. 그 말을 내 귀가 꼭 들어야 하는 것처럼 말이다. 일종의 자기최면, 혹은 자기세뇌라고 할 수 있을 것이다. 하루라는 무게를 잘 짊어지고 살아낼 수 있을지 자신이 없다고 생각될수록 그 혼잣말은 회수가 많아진다. 소설 첫 부분부터 한영의 외침이 남의 말이 아닌 듯 내 가슴을 툭 치고 들어온 것이, 아마도 내가 소설에 온전히 몰입할 수 있었던 요인 중의 하나였을 것이다.

한영의 가족은 두식 영감 내외, 두식 영감의 상처喪妻한 아들, 손자 한영과 한수, 한영의 아내와 딸이다. 두식영감은 마을에서 땅을 가장 많이 소유하고 있는 지주로서 모든 일을 자기 뜻대로 하는 절대 권력자이다. 하나뿐인 아들은 아무런 힘도 행사하지 못하고 그저 아버지에게 순종하는 무기력하고 무능력한 인물이다. 작가가 소설 속에서 그에게 이름을 붙여주지 않고 단지 '한영 아버지'로 묘사한 것에서도 그의 존재감을 여실히 느낄 수 있다.

두식 영감은 두 손자의 삶에 대해서도 절대적인 권력을 행사한다. 장손인 한영에게는 재산 관리를 비롯한 집안일을 배우고 물려

받아 가계를 이어나갈 준비를, 한수에게는 가문의 품격을 높이기 위한 사법고시 준비를 결정지어줬다. 한영은 하고 싶은 공부를 포기하고 무조건 집안일을 배워야 하는 데에다가 아내가 아들을 낳지 못해 할아버지의 노여움을 받고 있어, 더더욱 목소리를 내지 못한 채 응어리를 가슴에 차곡차곡 쌓으며 살아간다.

사법고시 1차를 합격하고 2차를 준비하고 있는 한수는 이 집안에서 유일하게 할아버지 두식 영감의 인정을 받으며 목소리를 내고 있다. 때문에 두식 영감에게 전할 메시지가 있으면 모두 한수를 통한다. 한수는 집안 분위기에서 불안한 미래를 보기 시작하면서, 할아버지에게 뒤로 물러나고 집안일을 형에게 맡겨달라고 건의하지만, 한영을 미덥게 생각지 않은 할아버지는 받아들이지 않는다.

아버지처럼 순종만 하면서 살 수 없던 한영은 아버지를 재혼시킬 계획을 모색함과 동시에 자신의 독립을 꿈꾸며 집을 장만하기 위해 할아버지 모르게 마을의 사채업자인 문진 영감에게 거액을 빌린다. 마을에서 땅을 가장 많이 가진 사람이 두식 영감이라면, 문진 영감은 현금을 가장 많이 가진 인물이다. 둘 다 겉으로 드러내지는 않지만 두식 영감과 문진 영감 사이에는 무지불식간에 알력이 존재한다. 한영이 문진 영감에게 빌린 돈을 상환할 날이 가까워지자, 한수는 돈을 마련하기 위해 서울에 있는 집을 팔러 갔다. 한영은 한수를 기다리지 못하고 할아버지에게 부채 상환을 부탁했으나 거절당하자 자살을 하고 만다.

돈을 장만해서 마을로 돌아온 한수는 한영이 자살한 헛간을 찾아가, "나를 한번 던져보고 싶었다. 처음으루 나 자신을 사랑해보구 싶었어, 이유 오직 그거야."라고 말하는 형의 목소리를 듣는다. 죽음을 통해서라도 자신을 사랑하고 싶었고 자신을 찾는 길은 오직 죽음밖에 없었다는 한영의 말이 환청처럼 한수에게 들려왔다. 이 말은 한영이 밖으로 내뱉지 못하고 깊숙이 꾹꾹 누르고 있었던 마음인 동시에 한수에게도 깊이 내재하고 있던 소리였다. 할아버지에게 억눌려 스스로 살아갈 기회를 박탈당한 한영, 그런 형을 도와주지 못한 데 대한 죄의식에 짓눌린 한수, 절대 권력을 휘두르던 두식 영감의 두 손자의 모습이다.

한영은 죽음을 선택함으로 두식 영감과의 갈등에서 패자가 되지만, 이 갈등에서는 승자가 없다. 자신의 후계자로 키우던 손자 한영의 죽음은 두식 영감의 삶에서도 실패를 뜻하기 때문이다. 결국 둘 다 패배로 끝나는 대결이었다. 더구나 한영의 죽음으로 방황하던 한수가 교통사고를 당해 식물인간이 되자, 두식 영감은 정신이 오락가락하여 정상적인 삶을 살지 못한다. 그 결과, 두식 영감의 손에 움켜잡고 있던 재산마저 빠져나가게 되었다. 두식 영감이 잡을 수 있는 희망의 끈은 더 이상 없다. 그렇게 두식 영감의 붕괴와 더불어 그 집안은 몰락의 길로 들어섰다.

『신들의 주사위』는 두식 영감의 가족에게 얽힌 이야기를 중심으로 전개되지만 주인공들의 사랑을 또 하나의 주제로 다루었다. 미망인 세미와 한수, 한수의 마을에 있는 초등학교로 처음 부임해 온 진희와 한수, 한수의 고향친구이자 진희의 직장동료인 중섭과 진희, 이렇게 서로 얽힌 관계에서 애정 기류가 흐른다.

중섭이 진희에게 남다른 감정이 생길 무렵 진희와 한수가 가까워지자, 중섭은 학교를 그만두고 새로운 직업을 찾아 타지로 떠나버린다. 사랑보다 우정을 택한 것이다. 한수가 세미와 진희, 두 여자와 모두 깊은 관계를 유지하는 걸 알게 된 세미는 미국으로 떠나버릴 계획을 세우지만, 한수가 진희와 함께 오토바이 사고를 당해 식물인간이 되자 병실에서 한수 옆을 지킨다. 진희는 사고 후 며칠 만에 병상에서 삶을 마감한다.

진희가 중환자실에서 세미에게 털어놓은 한수에 대한 확고한 사랑, 가려던 발길을 기꺼이 돌려 식물인간이 된 한수를 극진히 간병하는 세미의 희생적인 사랑, 그리고 진희가 한수에게 마음을 주자 자신의 마음을 접고 고향을 떠나 전업까지 감행한 중섭의 애처로운 사랑. 소설 속에서는 누구의 사랑도 이루어지지 않는다. 두 남자와 두 여자가 이리저리 얽혀서 이어가던 사랑은 진희의 죽음과 세미의 떠남으로 모두 부서지고 만다. '신들'이 던진 주사위의 결과라고 생각할 수 있을 것이다.

작가는 소설 전체에서 큰 비중을 차지하지 않는, 소설에 없어서

안 될 부분도 아니지만 그렇다고 소설의 흐름에 방해가 되지도 않는 한 인물, 중섭과 진희의 선배교사인 맹 선생을 등장시켜 작가가 하고 싶은 말을 삽입시키기도 했다.

"올해는 저것들이 난생처음 보는 것처럼 눈에 포옥 젖어 들어온 단 말예요. 저 노란 빛깔이 그토록 아름다울 수 없게 말입니다. 그리구 저 하늘두 마찬가지예요. 저렇게 파아란 하늘을 처음 보는 것만 같이 느껴지거든요. 글쎄 이즈음 마누라의 얼굴이 새롭게 뵌단 말예요. 글쎄 쌍꺼풀진 눈을 처음 보는 것 같더라니까요. 40년 이상 같이 살아온 마누란데 말예요."

'죽음의 눈'으로 바라보니, 매년 가을마다 보았던 노란 은행잎, 매일 보는 파란 하늘, 40년 동안이나 함께 살아온 아내의 얼굴 등 낯익은 것들이 어느 날 갑자기 '난생처음 보는 것처럼' 눈에 폭 젖어 들어와 새롭게 보이더라는 맹 선생의 말이다.

세상은 절대적인 한 가지 모습으로만 보이는 것이 아니라, 보는 눈에 따라 달리 보이는 상대성을 가졌다. 그래서 어떤 눈으로 보는가가 매우 중요한데, 그 눈은 마음이 골라주는 색의 안경을 쓸 수밖에 없다.

작가가 말하는 '죽음의 눈'은 죽음을 앞둔 절망의 눈이 아니라 죽음을 자연스러운 삶의 과정으로 받아들이는 경지에 이르러서야

가질 수 있는 여유의 눈이다. 맹 선생에게 새롭게 보이던 그 낯익은 것들이 맹 선생과 대화를 나누던 중섭과 진희에게는 여전히 늘 보던 '그저 그런 모습으로' 다가왔을 것이다. 마음이 달라지기 전에는 눈에 씌워질 안경의 색도 달라지지 않을 것이기 때문이다. 결국 안경을 선택하는 것은 자기 자신이다. 오랜 세월을 살아내면서 깨닫고 가지게 된 죽음의 눈을 젊은 사람들이 가지기는 매우 어려운 일이다. 하지만 한번쯤 모든 것을 새롭게 볼 수 있는 여유를 가지라고 작가는 권하고 있는 듯싶다.

이 소설은 두식 영감의 가족사나 주인공들의 얽힌 사랑이야기만큼 농촌사회가 겪는 변화에도 많은 지면을 할애하고 있다. 소설 『신들의 주사위』의 시대적 배경은 70년대이다. 비닐하우스가 처음 등장하면서 농업 생산양식에 변화가 생겨 비닐하우스를 도입한 농가와 그렇지 못한 농가의 소득 격차가 벌어진다는 사실을 통해 신기술의 필요성이 강조되지만, 그 신기술을 이용하기 위해서는 적잖은 투자, 그리고 기존을 버리고 새것을 받아들일 용기가 요구된다는 현실성을 작가는 지적하고 있다.

한 대기업의 총수가 이 마을에 염색공장을 세우려는 계획을 가지고 낚시꾼으로 가장하여 마을을 정찰하고, 자신은 전면에 나서지 않고 마을에서 큰 목소리를 낼 수 있는 영향력이 있는 사람들을 앞세워 공장 지을 부지로 쓰기 위해 농지를 차근차근 사들인다. 마을 사람들은 농지를 팔고 고향을 떠나 도시로 가거나, 공장건설 현장에서 새로운 일자리를 찾으려고 기회를 엿보거나, 공장이 완공되었을 때 고용되려는 꿈을 꾸는 등 농촌사회는 격변의 시대에 들어서게 되었다.

두식 영감은 이 와중에 높은 값을 받으려고 요지에 있는 땅을 팔지 않고 버티다가 오히려 손해를 보기도 한다. 아무리 이악스럽게 약은 체해도 농사만 지으며 살아온 사람의 셈하기가 도시에서 사업을 하는 사람의 그것에 비해 얼마나 보잘것없는지를 실감할 수 있는 대목이다. 두식 영감이 정신을 잃지 않았더라면 공장부지 매입이나 공장건설이 수월하지는 않았을 것이다. 결국 마을에서 영향력이 가장 컸던 한 가족의 몰락으로 인해 마을을 지켜오던 기존 체제도 몰락의 국면을 맞았다고 할 수 있다.

기존 체제는 그렇게 집안에서도 마을에서도 붕괴되었다. 하지만 붕괴를 부정적인 측면에서만 볼 일은 아니다. 묵은 것이 붕괴됨으로써 더 좋은 새로운 것을 세울 계기가 마련될 수 있는 법이니까. 자식을 자신의 소유물처럼 다루고, 아들을 낳지 못하는 여자는 사람으로서 대접 받을 자격이 없다 여기고, 세상에서 가장 중요한 가치는 재물이라 생각하는 두식 영감은 달라져야 할 구시대의 전형이다. 두식 영감이 무너지고 새로 세워질 한수가 이끌어가는 가정은, 한수 같은 신세대가 이끌어가는 사회는, 모든 것이 달라질 것이고 달라져야 한다. 물론 그 과정에 부작용이나 부정적인 요소가 반드시 나타나는 법이지만 말이다.

　한수는 몇 개월 동안 식물인간 상태로 입원해 있던 병원을 나서다 멈추어 서서 땅바닥에 시선을 고정시킨다. 한수의 시선을 받고 있던 것은 벌어진 콘크리트 틈새에서 피어난 풀잎이었다. 작가는 구시대에서 신시대로의 변화가 시작되는 지점에 풀잎, 그것도 '제법 파란' 풀잎을 피워 놓았다. 작가는 그 풀잎을 끈이라 묘사하였다. 죽음의 늪에 빠졌던 한수를 끌어올리기 위해 던져진 끈.

　작가는 소설의 마지막까지 전개되는 장면을 따라오고 있던 모든 시선을 그 풀잎에 집중하게 만든다. 그러나 정작 소설 속의 인물들은 한수를 제외하고 그 누구도 그 풀잎을 보지 못한다. 고개 숙인 한수를 보고 친구는 "자기 그림자가 신기해서 그러는 거냐?"라 묻는다. 지나던 한 청년은 다가와서 "무얼 잃어버렸습니까?"라고 말한다. 그 풀잎은 한수에게 던져진 끈이기에 한수에게만 보였을 것이다. 풀잎을 발견한 한수 앞에 펼쳐진 길이 희망으로 빛나리라는 기대를 하는 건 결코 지나치지 않다. 풀잎은 인간의 의지와 상관없는 삶의 우연성을 의미하는 '신들의 주사위놀이'의 결과가 아니라, 신이 인간을 위해 예비해둔 희망이기 때문이다.

　콘크리트 틈에 돋아난 풀잎은 가정문제, 이성문제, 사회문제 등 한수가 겪어 온 모든 혼란스러운 상황을 비로소 해결하는 실마리

소나기마을 소나기광장 전경

이다. 죽음과도 같은 시간을 이겨낸 사람만이 발견할 수 있었던 빛이다. 작가가 소설을 통해 우리에게 보여주고자 한 바로 그 빛이요, 희망인 것이다.

'관계없다아'라는 외침으로 갈등을 암시하며 시작된 소설은 이렇게 '풀잎'이라는 작은 생명체를 통해 우리에게 희망을 제시하고 있다. 긍정적인 온성을 품고 있는 작가가 내릴 수 있는 결론 아니겠는가.

2부

단단하고 매끄러운
삶의 조약돌

단편 읽기

성장기 소녀의 내면풍경

「늪」

백승남

   단편소설 「늪」은 태섭이란 젊은 남자가 전문학교 강사로 있는 친구 부인의 소개로 한 소녀의 가정교사 일을 맡게 되었고 그를 가르치는 과정 중에 일어나는 다양한 사건을 풀어놓은 이야기다.

   첫날 태섭을 소개해 주는 부인과 함께 소녀의 집을 방문하였고 그 부인이 떠난 후 소녀의 어머니는 태섭에게 어떻게 그 부인을 잘 알며 언제부터 아느냐고 문의하였다. 소녀 어머니는 숨찬 음성으로 부인과는 한 고향이어서 서로의 집안사정을 잘 안다는 말로 부인의 집에서는 지금 남편과 결혼하는 것을 반대하여 오랫동안 말썽이 많았다가 종내 부인이 자기의 마음대로 결혼하였고 그래서 그는 여태까지 본가에는 가지 못한다는 말을 하고 그런 일을 저지른 것은 어려서 어머니를 잃고 후모 밑에서 자라난 탓이라고 했다.

   태섭은 소녀 어머니의 숨차하는 말을 듣기가 거북스러워 가르치는 것을 내일부터 시작하겠다고 하고 일어서려는데 그녀는 하루가 새롭다고 하면서 오늘부터 시작하여 달라는 것이었다. 그리고는 소녀가 이렇게 늦어지기는 처음이라고 혼자 중얼거리고 나서 초조하게 손을 치마 속에 넣어 궐련 한 개를 꺼내어 붙여 물고 두어 모금 빠는가 하면 이번에는 놀란 듯이 담뱃불을 죽이고 밖으로 귀를 기울었다.

휘파람 소리와 함께 소녀가 들어왔는데 한 손에 스파이크를 들고 있었고 좀 전까지 운동을 하고 온 것이 분명하여 얼굴이 불그레 상기되어 있었다. 둥근 얼굴에 검고 긴 눈썹 속의 눈이 좀 작은 편이나 생기 있게 빛나고 있었다.

태섭은 교과서를 뒤적이며 소녀에게 학교서 배운 데까지 알아나갔다. 그러면서 그는 소녀가 손가락으로 짚어 가리키느라고 어깨를 내밀 적마다 강한 자극을 가지고 엄습하는 향기롭지 못한 땀내를 막아내기 위하여 담배를 피워 물었다. 소녀의 어머니는 흘깃흘깃 태섭과 소녀를 번갈아 보면서 정신 차려 잘 배우라는 말을 몇 번이고 되풀이하였다.

다음 날부터 소녀 어머니의 불안한 시선을 받아가며 예습과 복습이 시작되었고 어학에 관한 암송은 상당히 속하였으나 수학에서는 애당초 풀지 못할 것으로 여기고 마는 폐단이 있었다. 태섭은 곧 숙제 중 제일 쉬운 문제를 골라서 소녀에게 풀라고 내놓았으나 소녀는 문제에 눈을 멈추고 그냥 연필을 혀끝에 묻혀내고 있었고 태섭이 착안점을 암시해 주어도 소녀는 그냥 연필을 혀로 가져가기만 하였다.

소녀는 문득 다른 사람의 눈에는 어딘가 자기 집에 빈 구석이 느껴지는 게 있으리라는 말을 하였다. 아버지가 없는 것을 이상히 생각하지 않느냐고 했다. 태섭은 이 집에 아버지가 없는 것만은 소개해준 친구 부인한테 들어서 미리 알고 있었다고 했다. 그러니까 소녀는 곧 어머니는 누구에게나 아버지가 죽었다고 하지만 사실은 살아있다는 것이다.

자기가 철들어서 아버지가 첩을 얻어 딴 살림을 하게 된 뒤부터 어머니와는 재산을 절반씩 나누어 서로 갈라섰고 지금 얼마 멀지 않는 동네에 아버지가 살고 있다는 사실과 그새 아버지는 재산을 다 없애고 얼마 전부터 류머티즘으로 자리에 누워 있다는 것과 또 어머니도 그동안 울화병으로 심장병까지 생겼다는 말까지 하였다.

태섭은 어머니가 지금 소녀 공부 잘 하기만을 얼마나 바라고 있는지 모르니 어서 열심히 공부하여 어머니를 기쁘게 해드려야 한다고 했다. 그랬더니 별안간 소녀는 비웃는 듯한 이상한 웃음을 띠며 그런 말은 어머니한테서 귀에 못이 박히도록 들었다고 하였다.

소녀가 학교에서 돌아오기 전에 태섭이 그 집에 가는 날이면 소녀 어머니는 조심스럽게 미닫이를 열고 들어와 앉아서는 소녀가 학교에서 배운 것을 좀 알기는 하더냐고 묻고 공부도 공부지만 먼저 남자를 멀리 하도록 잘 가르쳐달라고 하면서 사실 요새 여자 안 속이는 남자 어디 있더냐고 하였다.

소녀는 집에 돌아오자 태섭에게 내일은 일요일이니 교외로 피크닉 가자는 말을 하였다. 태섭의 대답도 기다리지 않고 혼자 결정을 하고 부엌 쪽을 향해 내일은 선생님과 함께 소풍가기로 하였다고 하면서 그렇지 않느냐고 태섭을 돌아보았다. 태섭은 교외에서 스파이크를 신고 달리는 소녀를 눈앞에 그리고 있다가 그만 고개를 끄덕이고 말았다.

그다음 날은 흐렸다. 태섭은 교외로 갈라져 나가는 길옆에서 소녀를 기다렸다. 한참 만에 소녀가 왔는데 태섭은 그를 보고 우선 놀랐다. 제복이 아닌 한복차림을 하고 있었다. 그리고는 교외 나가면 비 맞기 쉬우니 그만두자고 하면서 영화구경을 가자고 하였다. 소녀는 자기 혼자서 먼저 결정을 짓고 앞서 걸으며 어머니가 따라와 서 있으니 얼마만큼은 교외로 가는 길을 가다가 보자고 하였다.

태섭은 빠른 걸음으로 앞선 소녀를 따르고 나서 자기는 여기서 헤어지는 것이 좋겠다고 하였다. 소녀는 어머니는 혹 딴 남자와 같이 가지나 않나 하여 따라온 것이니 태섭과 만나는 것을 보고는 안심하고 돌아갈 것이라고 하면서 뒤를 다시 한 번 돌아다보았다. 소녀는 어머니가 아버지한테 받은 충격이니 당연한 것이라는 말과 아버지가 밖에 나가서 딴 여자들과 만나다 못해 나중에는 그런 여자

소나기마을의 징검다리

를 집에 끌어들이기까지 하던 일을 어려서 여러번 보았다. 그럴 적마다 어머니는 이를 갈며 밤잠을 못자고 울곤 하여 자기는 아버지와 그 데리고 들어온 여자가 아침에 일어나면 함께 죽어 있어주기를 얼마나 바랐는지 모른다고 하였다.

요즘도 어머니는 그때에 받은 원통함을 도리어 그때 이상으로 살려가면서 아버지를 원망하고 여인들을 욕질하면서 으레 자기더러 남자 같은 것은 생각도 하지 말라고 타이른다고 했다. 또한 자기 하나만 의지하고 여태까지 살아오느라고 별의별 고생을 다 참아 왔다는 이야기와 어머니 없이 자라난 태섭을 소개한 친구 부인이 지금 남편과 제멋대로 결혼했기 때문에 본가에도 못 다니게 된 사실을 늘 되풀이하며 그 친구가 가엾다고 하며 모녀 단둘이 살다가 죽자는 다짐을 한다고 했다.

자기도 얼마 전까지는 어머니와 한 심정이 되어 아버지를 원망하고 여인들을 미워하면서 진정으로 일생을 불쌍한 어머니와 같이 지내리라는 결심을 해왔으나 지금은 자기도 모르는 사이에 어머니에게 반감을 가지게 되었다. 요새는 지난날의 가슴 아픈 사실을 되풀이 하면서 자식에게 그러한 비극이 일어나지 않게만 애쓰는 어머니가 가엾게는 생각되지만 그대로 따라갈 마음은 전혀 일어나지 않는다고 말하였다.

또한 어머니가 담배를 피우는 것, 그것을 자기는 어머니가 마음 상할 때 피우곤 한 것이 인이 박힌 것으로 이해는 하고 있으나 어머니는 오늘까지도 자기 눈을 속여오고 있는 게 자식으로서 불만이라고 하였다.

그리고 며칠 전에도 첩이 찾아와 아버지의 병이 더 위독하여 약값을 좀 달라고 어머니에게 말하였는데 펄쩍 뛰면서 숨 넘어가는 소리로 그만큼 돈을 빨아 먹었으면 됐지 나중에는 우리것 마저 빼앗아 먹으려 덤비느냐고 소리를 질렀다는 것이다.

그 여인은 아버지와 어머니가 재산을 나누고 갈라설 때 아버지와 만난 여자로 두 애의 어머니인 과부였다는 말과 뒤에도 아버지는 여자관계를 끊지 않아 여러 가지로 고생을 하면서도 참고 끝내 아버지와 헤어지지 않았다고 하였다.

그래서 어머니는 그 여인에게 욕을 몇 번이나 하였으나 소녀 자기는 전처럼 그 여인이 밉게 보이지 않더라는 말과 마침내 그 여인이 앓는 아버지를 위하여 우리 집에 함께 있게 하는 것이 좋겠다는 말을 하자 어머니는 가슴을 치면서 "저 좋아 첩년하고 살다가 이제 돈 다 없어지니까 쫓겨나는 사람을 자기는 맡을 수 없다"고 고함을 지르고는 그만 졸도해 넘어졌다는 것이다. 소녀는 의사를 부르러 가면서도 오히려 그러한 어머니보다도 류머티즘으로 고생하는 아버지와 그 여인에게 더 동정과 호의가 감을 어찌하지 못했다는 말을 덧붙였다.

태섭은 할 말을 몰라 그저 어머니의 심장병도 대단한 것 같더라고 한마디 하였고 문득 소녀의 어머니는 친구의 부인과 자기 사이에 무슨 추잡한 관계나 있는 것으로 억측하고 있지 않을까 하는 생각과 함께 처음부터 소녀와 자기 사이까지 감사하고 있음에 틀림없다는 생각이 들자 저도 모르게 온몸을 한 번 떨었다.

소녀는 어느새 티 없는 미소를 얼굴 전체에 퍼뜨리면서 영화관이 있는 골목 옆 다방 앞에 섰는 한 소년을 발견하자 태섭과 함께 있는 것도 잊은 듯이 빠른 걸음으로 소년에게로 걸어갔다. 태섭은 그 자리에 서고 말았다. 눈썹이 검은 소년은 소녀와 무슨 말을 하는 동안 소년의 얼굴이 조금 붉어지는 듯하다가 소녀가 다시 태섭에게로 걸어오는 동안에는 또 창백해지는 듯했다.

소년은 동무의 오빠라고 하고 그 동무가 앓아누워서 자기를 만나자고 한다고 말하였다. 태섭은 속으로 거짓말을 말라고 하면서도 그럼 가보라고 하였다. 소녀는 온 김에 영화구경이나 하라는 것을 태섭은 일부러 온몸을 떨어 보이며 갑자기 따끈한 커피가 마시고 싶어졌다고 하면서 피하듯이 다방 안으로 들어가고 말았다.

하루는 소녀가 학교에서 오기 전에 그의 어머니가 조심히 미닫이를 열고 들어와 잠잠히 앉았다가 요즘 소녀가 어떤 남자와 만나는 눈친데 그런 것 같지 않더냐고 하며 얼굴을 붉혔다.

태섭은 자기도 모르게 곧 머리를 저으며 그렇지 않다고 해버렸다. 딸이 무슨 생각을 하고 있건 자기는 그 애를 놓아주지 못한다고 하였다.

소녀가 돌아왔고 대수 책을 펴놓자 소년에 대한 말을 꺼내며 서울에서 철학공부를 하다가 신경 쇠약에 걸려 집에 와 있다는 말과 소녀가 요새 어머니에게 반항심이 생긴 것은 소년을 알고 난 뒤부터라는 것을 깨닫고 소년의 신경질스러운 얼굴이 남을 속일 것 같지는 않지만 요즘 남자들의 속을 누가 알 수 있느냐는 말에 이어 사실은 지금 자기는 자기 자신의 속도 종잡을 수 없어서 애쓴다는 말을 하였다. 그랬더니 소녀는 눈을 빛내며 어머니의 말을 옮긴다고 하였다.

태섭은 펴 놓은 대수 책에 인수분해 문제 하나를 손가락으로 짚었다. 소녀는 노트를 끌어다가 무딘 연필을 혀끝에 찍더니 쓰기 시작하였다. 노트에는 답 대신 '겁쟁이 선생'이라는 말이 씌어져 있었다. 태섭은 연필을 빼앗아 낙서한 곳을 두 줄 길게 그어버리고 이렇게 쉬운 문제도 못 풀면 어떡하느냐고 하면서 방구석에 세워 놓은 창이 눈에 들어오자 운동하는 시간을 줄이는 것이 좋겠다고 타일렀다.

그리고 나서 소녀는 수돗가에서 나물을 씻다가 이쪽으로 고개를 돌리는 어머니에게 오늘 밤은 학교에서 수양 강연회가 있으니 학교에 가야 한다고 하였다. 어머니의 대답도 기다리지 않고 태섭에게 나직이 오늘밤에 꼭 할 말이 있으니 아홉시에 교외로 나가는 길 오른편 늪으로 와달라고 하였다.

태섭은 이날 밤 소녀를 기다리며 타원형으로 된 늪 둘레를 돌았

다. 먼 시계탑은 소녀와 만나자는 아홉시가 지나 있었다. 그는 다
시 늪가를 돌기 시작하였다. 검은 늪을 내려다보면서 그의 공상은
늪 한 바퀴를 돌기 전에 소녀가 몰래 숨어서 자기의 눈을 가리우
는 장난을 하고 그러면 자기는 처음으로 소녀의 손을 잡고 그녀가
할 말은 다른 것이 아니고 모든 것을 잊어버리게 같이 늪으로 뛰어
들어보자고 할 것이다. 자기는 그러기를 허락하여 둘이는 늪에 뛰
어들 것이고 그렇게 하여 둘이는 늪 밑으로 가라앉으려면 늪 밑 어
느 한 구석에서 차가운 샘물이 둘의 등을 스치고 지나갈 것이고….

늪가를 다 돌고 다시 가로수 쪽을 살폈을 때는 찬 밤기운에 몇 번
이고 온몸을 떨었다. 지금 어디쯤에서 소녀의 어머니가 자기를
지켜보고 있는 환각을 일으키고 나서 소녀 어머니는 자기를 소녀
앞에 내놓고 무슨 일이 생기나 실험을 하고 있지 않나 하는 생각
이 들자 새로 온몸이 떨렸다.
지금쯤 소녀와 소년이 늪 아닌 어느 어두운 골목에서 서로 만
나고 있는 환영을 그리고는 자기의 달그림자를 소녀의 어머니
와 소녀와 소년의 것으로 몇 번이고 착각하면서 그때마다 온몸
을 떨었다.

아파트로 돌아온 태섭은 자리에 누워 며칠 동안 열로 떨면서 앓
았다. 열과 오한이 없어진 어느 날 소녀가 왔다. 그는 늪에 못간 변

명으로 그날 소년과 만나 함께 늪으로 가서 태섭에게 자기들의 앞
날을 의논하려든 것이 그날따라 집에 혼자 남을 어머니가 불쌍하
게 보여 그만 머리가 아프다는 핑계를 하고 자리에 눕고 말았다
는 말을 하였다. 그날 밤 소년은 자기를 기다리다 못해 자기가 소
년을 배반한 줄로 알고 머리칼을 잘라 자기에게 보냈더라는 말까
지 하였다.

　태섭은 또 열이라도 생긴 듯이 한번 떨고 저도 모르게 크게 소리
를 내어 웃고 말았다. 소녀가 놀라 눈을 크게 떴다. 소녀가 없어지
면 어머니는 졸도하여 깨나지 못할는지도 모른다는 말을 하였다.
소녀는 입가에 비웃음을 띠우며 당돌한 말씨로 병든 아버지를 집
에 들이지 않는 어머니의 졸도가 자기와 무슨 상관이 있느냐고 하
면서 사실은 지금 소년과 자기는 어디로 떠나는 길이라고 하였다.

　태섭은 일부러 냉랭한 어조로 소년과 함께 떠난대도 멀지 않아
불행해질 것이라고 하니까 어느새 소녀의 손이 날아와 태섭의 뺨
을 갈겼다. 악마, 악마, 두어 번 부르짖고 나서 무슨 일이 있더라도
자기네는 행복해 보이겠다고 소리치고는 빛나는 눈에 눈물을 내 보
이며 도어를 밀고 나가 버렸다.

　'늪'이라는 제목이 주는 의미를 조금은 예측하면서 이 단편을 읽
었다. 한 소녀 부모의 올바르지 못한 가정생활이 그 자녀에게 어떠
한 결과를 가져 오는지를 잘 보여주고 있다. 늪은 땅바닥이 움푹 빠

지고 늘 물이 고여 있는 습지 중 하나로 밝고 환한 곳이 아닌 어두움이 깔려있는 느낌을 주는 곳이다. 그래서 제목을 보았을 때 내용을 어느 정도 부정적인 면을 예측하게 되었다. 소녀 어머니와 아버지의 비정상적인 가정생활 즉 아버지는 첩을 얻어 집을 나가게 된다. 그런 남편을 늘 원망하고 그 원망이 남자에 대한 불신으로 이어져서 소녀는 아예 남자를 만나지 못하게 하고 자기와 평생을 함께 살자고 딸을 설득하게 된다.

그러나 소녀는 첨에는 그 말이 맞은 것으로 살았으나 점차 자라면서 병든 아버지와 그 여인을 보면서 어머니에 대한 생각이 바뀌게 된다. 그래서 어머니를 불신하게 되었고 가정교사 태섭의 가르침에 따르지 않고 비뚤어진 행동으로 반응한다. 태섭도 소녀의 그러한 행동을 시정하려 하다가 점차 소녀가 여자로 보이기 시작하는 자신을 알게 되고 거기에 빠져들지 않으려고 애쓰는 모습을 보여준다. 소녀 어머니의 간절한 부탁이 공부를 가르치는 것보다 남자 다루는 법을 알려줘서 잘못된 길로 빠지지 않게 해달라는 간곡한 부탁 때문에 위험한 생각에 들어가려다 다시 뛰쳐나온다.

소녀는 가정교사 태섭을 핑계 삼아 자기 남자친구를 만나 영화 구경도 가고 어머니가 하지 못하게 하는 짓을 많이 한다. 가정교사로 인해 소녀는 남자친구 만남을 더 구체화하는데 그런 과정에서 태섭은 혼자 상상으로 소녀를 여인으로 받아 들이고자 하는 내면을 드러내 보였다. 소녀와 그 어머니 가정교사 태섭은 각자 자기

본분을 잘 지켜내지 못하는 인물들이다. 사춘기 소녀의 이유 있는 반응을 보면서 소녀 어머니의 자녀에 대한 올바른 훈육이 더 요구되고 또한 다정한 어머니로서의 당당한 모습이 필요하다. 가정교사 태섭도 철없는 소녀의 모습에서 여인을 느끼기 보다는 건강한 사랑을 찾아가길 바라는 마음이다.

생애의 말년에 마주하는
고통스러움의 정체

「독 짓는 늙은이」

김덕희

송 영감.

그는 독 짓는 늙은이로서, 평생을 독 짓는 일을 직업으로 삼아 가난하게 살아왔으며 지금은 늙고 몸은 병까지 들었다. 그런 송 영감의 아내는 그런 남편과 7살의 어린 아들을 내팽겨치고 한참이나 젊은 조수와 눈이 맞아 도망가 버렸다.

송 영감은 조수에게 적수감재주나 힘이 비슷하여 상대가 될 만한 사람에게 느끼는 감정을 느꼈다. 어쩌면 그렇기 때문에 자신과 아들을 두고 홀랑 가버린 아내에게 더욱 배신감을 가지는지도 모른다.

때문에 악과 오기만이 남아버린 송 영감은 달아난 아내에 대한 분노와 심적 괴로움을 느끼며 홀로 발버둥치면서도 자신의 곁에 남은 하나뿐인 아들 당손이를 놓지 못한다. 도리어 아들에 대한 애정은 깊어져만 가는 것이다.

송 영감은 마지막으로 가마에 넣으려고 한 독들이 조수가 거의 혼자 만들다시피 한 것들이자 부수려고 하는 충동을 느끼지만, 당장 아들과 함께 혹독한 겨울을 나기 위해서는 그 또한 하지 못하고 참아내며 독을 굽기로 작정한다.

송 영감은 쇠약해진 몸으로 한 가마의 분량을 채우기 위해 독을 짓다가 쓰러지기를 반복하고, 방물장수 앵두나무집 할머니가 가져온 음식에 처음에는 화를 내었다가, 하루 종일 아무것도 먹지 못한 것을 생각하고 가까스로 당손이와 입술을 축인다. 그리고는 다시 독을 지어보지만 쓰러지기를 거듭하며 그 횟수가 점점 잦아졌다.

다음날 앵두나무집 할머니가 미음을 들고 송 영감을 찾아와 미음조차 제대로 먹지 못하는 모습에 그가 곧 죽을지도 모른다 여기고 당손이를 다른 집에 보낼 것을 권고하자 송 영감은 자기 눈에 흙이 들어가기 전까지는 그렇게 못한다며 고함을 치고 할머니를 내쫓는다.

그 후 송 영감은 한 가마의 독만 채우면 겨울과 내년의 양식까지 나올 수 있다는 생각에 마음이 조급해지지만 안타깝게도 한 가마를 채우지 못하고 도움을 받아 독을 말리고 굽는다. 그렇게 미처 한 가마를 채우지 못한 채 가마에 불을 지폈다.

그러나 가마 안에서 조수가 빚은 독들은 멀쩡하고 송 영감의 독들만이 깨져서 튀어 오르고 있었고 그대로 그는 의식을 잃는다. 송 영감의 독이 깨지고 부서지는 과정은 아내와 조수에 대한 상실감과 배신감, 쇠약해진 육체 등으로 송 영감이 예전처럼 좋은 솜씨로 독을 짓지 못하게 되었음을 의미하고 있었다.

다음 날 정신을 차린 그는 자신이 죽을 날이 멀지 않았음을, 회생할 수 없음을 자각하고 앵두나무집 할머니에게 당손이를 부탁한 채 아이를 떠나보낸다.

그는 독 한 짐만 짓는다면 당손이와 겨울을 날 수 있을 거라 믿고 희망하면서 조수가 지어놓은 독보다 더 견고하고 튼튼한 독을 짓기 위해 아픈 몸을 이끌고 애를 써보지만 결국 뜻대로 되지 않고 가마 속으로 들어가게 된다. 그리고 자신은 독가마 속으로 기어 들어가 깨지고 흩어진 돌 조각 앞에 무릎을 꿇고 앉았다.

이것이 대략적인 독 짓는 늙은이의 줄거리이다.

'뜸막 속 전체만한 공허'

어쩌면 이 문단이 소설의 전체 내용을 통틀어 송 영감의 마음을 가장 잘 표현해낸 문장이 아닐까 하는 생각이 들었다. 이 작품은 서럽고 서글프며 외롭고 또한 고통스럽다.

송 영감은 육체적 고통과 정신적인 흔들림 속에서도 독 짓는 일이라는 하나의 목표에 끝까지 전념하는 정적 인물이다. 송 영감에게 있어서 독 짓는 행위는 삶을 유지하기 위한 생존의 방식이자, 아내와 함께 떠나버린 조수를 향한 경쟁, 대결이며 동시에 자신의 삶을 유지시켜주고 의미를 실현시켜 주는 것이기도 하다.

그러니 가마 속에서 독들이 튀는 소리는 송 영감에게 모든 희망이 사라지는 절망의 소리이기도 했을 것이다. 독짓기가 실패했음을 의미하고 이는 치열한 삶과의 투쟁에서의, 장인으로서의 그리고 보이지 않는 조수와의 승부에서와의도 패배를 인정해야만 하는 것을 의미한다. 즉 송 영감은 자신의 존재 의미를 상실하게 된 것이다.

작가는 젊음이 사라져버리고 모든 것을 잃은 남자의 분노와 비통함을 통해, 많은 것들을 의미하려고 했다. 외래 문명의 무절제한 유입과 전통의 체계가 무너져내리는 현실에 대항하는 노인의 집념과 좌절을 보여주기도 했으며, 격변하는 사회의 한 단면을 재현하기도 했다.

또한 글을 읽다가 이 글이 중학교 교과서에서도 실린 것을 알게 되었는데 아마 작가는 민족 항일기 말기의 암담한 현실과 그 처량하고 괴로운 고통 속에서도 끝까지 자신의 마지막 불꽃을 태우려는 고집스러운 장인의 모습을 선명하게 대조시켜 부각시키려는 의도도 있었던 듯하다.

송 영감이 자신을 떠난 부인을 생각하며 가지는 분노와 그 뒷면에 가려진 그리움, 남아 있는 자식 당손이에 대한 맹목적인 애정과 애착, 끝까지 주어진 일에 대해 놓지 않고 살아나가려고 발버둥치는 집념과 미래를 꿈꾸는 의지, 인간이 가지는 존재의 아름다움에 대해 섬세하고 덤덤하게 표현하여 황순원의 다른 단편들과 결부된다.

특히 어떻게 해서든 당손이를 지켜보려 노력하나 이대로 둔다면 결국 자신의 곁에서 굶어 죽고 말 것임을 알고 타인에게 보내는 부분에서는 황순원의 글에서 자주 등장하는 생명 중시 사상이나 휴머니즘적인 사상이 추구되고 있기도 하다.

결국 송 영감의 독은 가마 안에서 터져서 깨졌으나 그것에서 패배감을 느끼지 않고 그는 열등감을 극복하려고 무릎을 단정히 꿇고 현실을 객관적으로 받아들이며 소설은 막을 내린다.

거의 대화가 없고 간결한 문장으로 독자 자신의 상상력을 유발시키는 서정적 분위기를 많이 가지고 있는 소설이다.

마지막으로 송 영감이 독가마 안으로 들어가는 모습에서는 평생을 독짓기를 해온 장인으로서의 예술가적 혼을 이루려는 필사의 노력과 비장미가 엿보이기도 한다. 송 영감의 차분하고 암묵적인 비극적 결말은 갈등을 지닌 채로 암시와 여운을 주며 끝난다.

죽음 앞 마지막 순간의 장인정신

「독 짓는 늙은이」

오금희

　나에게 정년이 다가왔다. 물론 정년이 다가오는 걸 몰랐던 건 전혀 아니지만, 지나온 세월을 돌아보니 마치 갑자기 어디선가 뚝 떨어진 듯 내 앞에 있는 것이다. 열심히 주어진 일을 하면서 일 년을 하루 같이 출근해서 교직원들과 머리를 맞대고 학교 운영에 매진하고, 학생들을 한 사람이라도 더 좋은 인재로 만들기 위해 동분서주하며 달려온 세월. 한 날의 근심은 그날로써 족하다 하신 성경 말씀을 붙잡고 내게 닥치거나 또는 내 결정을 기다리는 일들과 씨름하다 보니, 사실은 세월이 가는지 아니 내일이 눈앞에 들이닥치는지도 감지하지 못한 채, 외길을 걸어왔던 것 같다. 그러다 보니 어느 날 문득 은퇴할 날이 됐다는 걸 깨닫게 되었다.

　'그래, 열심히 일했지. 나도 이제는 지난 30여 년 동안 오로지 일에 몰두하며 살았던 이 무거운 짐을 벗어 놓을 때가 됐지.' 막막한

102

느낌을 비워내고 마음을 가다듬었다. 그리고 천천히 주변을 둘러 봤다. 내 또래의 다른 사람들은 어떻게, 무엇을 하고 지내는지 궁금했다. 다들 열심히 재미있게 살고 있는 것 같았다. 그렇다면 나는 앞으로 어떻게, 무엇을 하며 내 인생의 마지막 장을 새롭게 꾸미고 보람 있게 채워 나갈까? 내 성격에 맞는 취미생활로는 어떤 것이 이상적일까?

그러던 차에 실로 우연한 기회에 내가 출석하고 있는 교회 내에 일명 '소망수필반'이라는 글쓰기 모임이 있다는 걸 알게 되었다. 설렘과 호기심을 안고 어느 수요일 오후에 수필반 클래스의 문을 열었다. 그리고 나도 모르는 사이에 엉겁결에 수필반 학생이 되어 수요일 오후만 되면 만사를 제쳐놓고 수업이 있는 교실로 향하기 시작했다. 학생은 모두 열두엇, 함께 가꾸어 나가는 진지한 만학도들의 열의와 화기애애한 분위기에 이끌려, 문학의 문외한인 나도 어느덧 강의를 듣는 학생의 기분에 빠져들었다. 실로 오랜만에 학생이라는 자리에 앉아보는 느낌은, 잊고 있는 줄 알았던 기억을 소환하는 생소함과 반가움이었다.

올해 새 학기가 채 되기도 전에 '숙제 잘들 하고 계시냐'는 수필반 반장님의 메시지가 날아왔다. 아참 숙제가 있었지. 지난 학기 마지막 날에 교수님이 책을 나누어주시면서 읽고 독후감을 써 오라고 하셨었지. 소위 '독후감 모음집 출간 프로젝트'이다. 수필반 학생

전원이 한두 권의 책을 읽고 써 낸 독후감을 모아서, 한 권의 책으로 엮는 것이다. 작년에는 이병주 작가의 작품을 읽고 『월광에 물든 신화』라는 독후감 모음집을 냈었는데, 당시 나는 수필반에 합류한 지 얼마 되지 않은 시점이었기 때문에 그 프로젝트에 참여하지 못했었다. 올해 두 번째로 진행되는 프로젝트에서는 황순원 작가의 작품을 읽기로 되어 있었다. 이번에는 나도 용기를 내어 한번 참여할 작정으로, 쉽고 간단한 단편을 읽고 독후감을 써보기로 했다.

내가 고른 단편은 「독 짓는 늙은이」다. 왠지 노년에 접어든 내 삶과 시간대를 공유할 것 같은 느낌에서 집어 들었다. 과연 길지 않은 글이어서 읽기 시작한 지 얼마 안 되어 금방 끝이 났다. 글자 그대로 단편短篇이다. 이야기 자체도 심히 간단했다. 그런데 왜 이 단편이 작가 황순원의 문학세계를 대표하는 작품 중의 하나로 회자되는 걸까? 좀 더 깊고 정확한 이해를 위해 다시 천천히 읽어 내려갔다. 한 자 한 자 곱씹는 마음으로 읽다 보니 가슴이 아파오기 시작했다.

「독 짓는 늙은이」라는 제목이 일러주는 대로 소설의 주인공은 송영감이라 불리는 독 짓는 노인인데, 그에게는 아내와 이제 겨우 일곱 살 난 늦둥이 아들 당손이가 있다. 그런데 나이 어린 아내가 송영감 밑에서 일을 거들던 여드름 많은 조수와 도망을 간다. 어린 아들까지 버리고 말이다. 설상가상으로 송 영감은 원인을 알 수 없는 병이 들어 앓아누운 상태. 아마도 도망간 아내 때문에 얻게 된

화병이 아닐지. 송 영감은 절망한다.

그에게 남은 것은 좋은 옹기를 구워내려는 집념과 지금껏 좋은 옹기를 구워왔다는 자존심, 그리고 어떻게든 어린 피붙이 당손이를 키워내야 하는 절체절명의 사명감. 노인은 어떻게든 추스르고 일어나 당손이와 살아남기 위해 안간힘을 쓴다. 그러나 그것은 다만 생각일 뿐, 몸은 말을 안 듣고, 고열에 시달리는 노인은 짓던 독 옆에서 깜빡깜빡 정신을 놓고 자꾸만 쓰러진다. 비몽사몽간에, 달아난 아내와 조수가 눈앞에 어른거리면 불꽃 같이 파란 질투심에 몸을 떤다. 당손이가 울면서 깨우면 정신을 차리고 다시 옹기 빚는 일에 몰두하려고 애를 쓴다. 그런 의욕도 잠시뿐. 손에 들고 있는 조마구와 부채 마치는 제멋대로 따로 놀고, 전을 잡는 손이 떨려 옹기를 깔끔하게 마무리할 수가 없다. 다시 또 쓰러진다. 탈진한 송 영감의 손끝에서 옹기가 제대로 빚어질 리 없다.

당손이가 울먹이며 아버지를 흔들어 깨워 정신을 차리게 하고 아버지 앞에 밥그릇을 갖다놓는다. 이웃에 사는 방물장수 앵두나 뭇집 할머니도 송 영감에게 조미음 사발을 가져다주지만 그 마저도 몇 모금 마시지 못한다. 마음씨 착한 방물장수 할머니는 송 영감에게 종말이 다가오고 있음을 어렴풋이 감지하게 되고, 당손이를 옆 마을 자식 없는 집에 양자로 보내는 게 어떻겠느냐고 제안을 한다. 마침 친자식 같이 거두어 키우던 아이가 친아버지를 따라 간

댁이 있다, 그 부부가 아버지 없는 아이를 하나 얻어다 기르고 싶어 한다, 재물도 넉넉하고 무엇보다도 마음씨가 무던하다는 등 조심스러우나 간곡하게 진심을 담아 이야기를 하지만, 송 영감은 불같이 화를 내며 그 얘길 다신 꺼내지도 말라고 한다.

송 영감은 다시 정신을 가다듬고 옹기를 빚어 한 가마를 채우고 그 독들을 구워내기로 한다.

이제 한 가마 독만 채워 전처럼 잘만 구워내면 거기서 겨울 양식과 내년에 할 밑천까지도 나올 수 있다는 희망으로, 어서 한 가마를 채우자고 다시 마음이 조급해지는 것이었다.

그는 독들을 가마에 직접 들고 들어가 자리를 잡아준다. 도망간 조수가 도망가기 전에 빚은 독과 여러 번 쓰러지면서 온 힘을 다해 손수 빚어낸 독들을 '마치 누구의 독이 잘 빚어졌나 내기라도 해보려는 듯이' 나란히 놓는다.

가마에 불을 지피고 슬슬 불꽃을 피워 올리는 것부터 시작해서 불 조정을 해가며 하룻밤을 지내고 마침내 겉불 놓기를 시작한다. 그런데 이게 어쩐 일일까. 예기치 못한 일이 벌어진다.

가마니 속에서 갑자기 뚜왕! 뚜왕! 하고 독 튀는 소리가 울려 나왔다. 송 영감은 가마에 넣은 독의 위치로, '지금 것은 자기가 지은 독, 지금 것도 자기가 지은 독' 하고 있었다.

이렇게 가마 안에서 터지는 독은 거의 송 영감이 빚은 것이었다. 쇠잔해진 송 영감의 기운이 독에게까지 미친 것처럼 말이다. 송 영감과 독은 떼려야 뗄 수 없는 물아일체의 관계였을까. 터져나가는 독 소리를 들으며 송 영감은 맥없이 쓰러진다. 고열에 시달리며 꿈인지 생시인지 알 수 없는 상태에서 아이를 끌어안고 "안 죽는다, 안 죽는다"를 외치다가 또 한 편으론 "지금 나는 죽어가고 있다"고 부르짖기도 한다.

간신히 정신을 차린 송 영감은 당손이를 시켜 앵두나뭇집 할머니를 오게 한다. 할머니가 오자 송 영감은 당손이에게 나가 놀라고 이르며 당손이 얼굴을 유심히 쳐다본다. 마치 당손이의 얼굴을 잊지 않으려는 듯이.

송 영감은 할머니에게 당손이를 데려가라 한다. 당손이에겐 자기가 이미 숨을 거두었노라 말해달라고 부탁한다. 당손이는 그렇게 '독 짓는 늙은 아비' 곁을 떠나게 된다. 송 영감은 차갑게 식어가기 시작하는 자기의 몸을 끌며 독 가마를 향해 기어간다. 가마 한 옆에 자기 몸을 쓰러뜨린다. 그러나 다시 일어나 가마 안쪽으로 기어 들어가기 시작한다. 예사 사람이 감당할 수 없는 뜨거운 데까지 다가갔고, 그러고도 더 기어서 더 깊숙이 들어간다. 드디어 자기가 혼신을 다 해 빚은 마지막 독이 터져서 흩어 내린 조각들이 있는 곳에

소나기마을 소나기광장 전경

이르렀을 때 그는 조용히 몸을 일으켜 단정히 무릎을 꿇고 앉는다. '그 자신이 터져 나간 독 대신이라도 하려는 것처럼.'

어떤 삶을 살았든, 그것이 자의에 의해서건 타의에 의해서건 간에 우리 모두는 각자가 살아온 삶의 여정을 끝내야 하는 시점에 도달하게 마련이다. 송 영감의 종말은 참으로 슬프면서도 비장했다. 이 단편의 마지막 줄을 읽고 책을 손에서 내려놓는데 무언가가 뭉클하게 가슴속에서 차올랐다. 그리고 그 느낌 위로 지난 수 십 년 동안 지켜 왔던 내 삶의 자리를 내려놓아야 했을 때 한 순간 나의 모습을 상상하게 되었다.

그래, 손가락이 아프도록 많은 것을 잡으려고 애썼지. 내 품에

영영 머물러 있을 줄 알았던 자식들이 장성해서 각자의 둥지를 틀고 나를 떠날 때도 한 순간 통증을 느꼈었고 나를 지탱하게 해준 부모님이 내 곁을 떠나셨을 때도 나의 한 부분이 무너져내리는 상실감으로 아픔을 삼켜야 했었지. 아, 또 있었다. 가깝게 지내며 내 삶의 많은 부분을 공유했던 형제가 떠났을 때 나는 죽음을 간접 체험한다고 생각했었다.

　그때 나는 잠시 하나님이 특별히 사랑하셨던 '고난의 종 욥'을 생각했었다. 부족함 없이 모든 것을 다 가졌던 욥, 그랬기 때문에 남들보다 잃을 게 몇 배 더 많았던 욥. 그의 몸을 마디마디 괴롭히던 고통, 모두를 떠나보내야 했던 고통, 그 고통 앞에 어찌할 바를 알지 못하는 무력함을 깨닫고 괴로워했던 욥.

　「독 짓는 늙은이」 속의 송 영감을 통해 고통과 고난에서 좌절하지 않고, 끝까지 장인정신으로서 자기완성을 지켜낸 송 영감. 그리고 죽음 앞에서 의연함으로 맞선 송 영감의 마지막 순간이 숭고한 인간승리가 아닐까, 평생 독을 짓고 살아왔던 송 영감 그 자신이 뜨거운 가마 안에서 하나의 독으로 승화한 것이 아닐까 잠시 생각을 가다듬어보게 되었다.

난민의 역사는 시대가 따로 없다

「목넘이마을의 개」

김신지

    책을 읽고 글 쓰기 전에 걱정 반 두려움이 앞선다. 섣부른 미숙한 독자가 올바르게 읽어내지 못한 미숙함은 어찌 할 수 없어도 훌륭한 작품을 손상할까 염려함이다. '독자반응 이론'의 학자인 스탠리 피시는 독자와 문학작품의 만남은 '해석의 경험'이라고 말한다. 작품의 숨은 뜻을 바르게 읽어내기 위해서는 '성숙한 독자'가 절대적으로 필요하다는 것이다. 그런 면에서 겨우 입맛을 아는 독자로 독후감을 쓰는 것조차 큰 용기를 낸 것이기도 하다. 그냥 내게 주어진 것은 내게 있는 안목만큼의 글을 쓰는 것으로 접근하기로 했다. 그러나 나는 그 흔한 한국문학전집도 온전히 읽은 적이 없고 손에 걸리는 소설이나 눈짓한 엉터리 독자이기에 더욱 무겁기만 하다.

    황순원 작가의 글을 읽으며 느낀 것은 어릴 때 어른들이 흔히 얘기하던 그저 우리 마을의 이야기, 화롯가에서 나물 다듬으며 마늘

까며 듣던 전설의 이야기 같은 느낌이었다. 어떤 글에서 선생님의 소설이 시적 문장과 구성은 아름다우나 사회성이 부족하다는 의견을 읽었으나 나는 몇 편의 글을 읽으며 그 시대상에 따라 인본적인 기본사상 아래 깊은 곳에 사회성이 내재되었음을 느낄 수 있었다. 또한 시인으로서의 시적 문장도 곳곳에 있음을 알 수 있었다.

이 작품은 서북간도 목넘이마을로 들어온 이사꾼이 남기고 간 신둥이라는 암캐와 마을 안 사람들과 개에 얽힌 풍경들이 그려진다. 길 잃은 난민처럼 단순히 먹이를 찾던 신둥이는 야밤 푸른 훼의 눈빛 때문에 미친개로 몰린다. 절가(머슴)까지 있는 두 동장네 개들은 초복날 개파티의 제물이 되어 가마솥으로 가지만 '을'의 표상 간난할아버지의 인간적 배려로 신둥이는 구원을 얻는다. 낯선 땅에서 굶주림과 핍박을 견디며 살아남은 신둥이는 자식도 낳았지만 사냥꾼의 총에 생을 마감하나 그 자손이 아직도 그 마을에서 이어져가고 있다는 줄거리이다.

여기에 나오는 개 신둥이는 당시 일제 강점기에 흩어져서 유랑하는 난민을 의미하는 뜻도 다분히 있다. 흰둥이 검둥이 누렁이, 동장과 절가, 간난이네와 김선달, 박초시는 그 시대의 원주민, 이주민으로 대체해보면 어쩌면 다인종, 다문화의 시작점으로도 볼 수 있다. 사람도 개도 분명 그 시대에도 '갑' '을'의 삶이 '금수저'와 '흙수저'의 삶이 있음을 보여준다. 그러나 근본적인 것은 사람이나 개

● 황순원문학관 전시실 전경

나 서로 이웃을 배려해 공생공존의 인본주의적인 평화를 작가는 말하고 있다고 생각한다.

이 작품은 흔히 말하는 액자소설의 형태다. 화자가 중학교 시절 외가가 있는 목넘이마을 서산 앞 우물가 능수버들 아래에서 일손을 쉬며 간난할아버지와 김선달과 차손이 아버지가 들려준 이야기를 액자에 넣어 이야기한다. 그리고 다시 밖에서 화자가 이야기 하는 형식이다.

이 소설은 작가가 1946년 5월 월남한 후《신천지》《개벽》등에 발표한 단편들을 모아 1948년 12월 7일 발간한 첫 창작집이다. 곡예사와 더불어 7편이 수록되어 있고 초판본이 모두 한글로 된 첫 사례이다.

책의 분량으로 보면 작고 단순한 주제 같으나 책장이 넘어갈수록 헤파이스토스Hephaestus: 그리스 신화에 나오는 불과 대장장의 신가 살아 있는 느낌이 들면서 큰 울림을 준다. 작가가 일생 추수하신 한국문학의 중후한 작가, 제자, 교수들이 한결같이 증언하는 것은 그분의 인품이다. 정갈함, 고매함, 완벽주의자라는데 이견이 없는 듯하다.

황명걸 시인은 외모에서도 풍기는 '식물성의 담백함'이 그분의 고매한 정신과 몸가짐을, 『별』과 같은 작품에서 풍겨나는 향기는 천리향도 아닌 만리향이라고도 표현한다.

김종회 교수는 "선생님 문학의 요체를 하나 고른다면 휴머니즘

곧 인본주의"라고 단언한다. 또한 "그분의 소설을 읽는 독자는 좋은 작가 이전에 좋은 인품을 먼저 만날 수 있는 복을 누리는 셈이다"라고 말한다. 작가들이 글과 삶이 양면에 걸쳐 흠 없이 아름다운 족적을 남긴 것은 쉬이 볼 수 없기 때문이다. '소나기마을 이야기'인『모든 사랑은 첫사랑이다』에 나오는 제자, 인연들의 한결같은 증언은 산소 같은 정결과 고매함, 오직 작품으로 말한다는 신념에 금이 가지 않은 스승이었다고 회고한다.

> 어디를 가려도 목을 넘어야 했다. 남쪽만은 꽤 길게 굽이돈 골짜기를 이루고 있지만, 결국 동서남북 모두 산으로 둘러싸여 어디를 가려도 산목을 넘어야 했다. 그래 이름 지어 목넘이마을이라 불렀다.

제일 첫 구절 '어디를 가도 목을 넘어야 했다'는 말에서 '목'이라는 단어에 나는 필이 꽂혔다. 70년도 전 외가에 가려면 어디서 가도 산 밑에 있는 상여집을 지나가야 했다. 그 집은 언제 귀신이 나올지 모른다는 어른들의 이야기를 들은 후부터 무서움에 목을 들지 못하고 숨을 참고 다니던 기억이 뜬금없이 떠올랐다. 그 허름한 상여집은 외가로 가는 목넘이였다. 상여집이 없는 길이 없다는 것이 외가에 가는 유일한 두려움이었다.

이 시대에는 방앗간은 보통 마을 유지의 소유였다, 그리고 방앗간은 나그네의 쉼터로 이사꾼들의 잠자리가 되는 것은 다반사였다. 우리 소설의 주요한 이슈가 되는 소재지이기도 하다. 이 소설에서는 난민격인 암캐 신둥이의 식탁이기도 잠자리가 되는 안식처이기도 했다. 풍구 밑에 떨어지는 쌀겨를 핥아 먹고 허기를 이기는 모습은 오늘날 반려견이 유기농 고기를 먹는 식탁과 견주어 참으로 격세지감이다.

그러나 지금도 지구 한 편에는 여전히 이런 풍경이 있음을 보았다. 세계문화유산이 된 필리핀의 다랭이논 마을에서였다. 그곳은 아직도 방앗간이 없고 절구에 찧어 키질을 한다. 키질하는 아낙 앞에서 떨어지는 쌀겨를 얻어먹느라 겨를 뒤집어 쓴 개의 모습이 눈썹까지 겨로 덮여 마치 눈을 맞은 모습을 다큐영화에서 보았다. 겨로 연명을 한 오늘날의 신둥이를 보는 듯 했다. 요즘 TV 프로그램에는 개상담, 양육에 대한 것뿐만 아니라 개 기저귀까지 파는 홈쇼핑이 있는 것을 보면 시절변화가 얼마나 다른지 절감한다.

서북간도 이사꾼들이 동서남북으로 들고나는 목넘이마을을 서두에서 아주 정겨운 마을로 서술한다. 없던 시절 바가지동냥을 하며 이사하던 사람들은 "모두 어디로 가는지 모두 북녘으로 사라지는 것이었다"라는 표현에서 북녘은 그제나 이제나 여전 힘든 곳 아니면 신천지를 향해 가는 곳인지도 모른다는 생각이 든다.

어느 해 봄철로 시작하는 신둥이의 출현을 상세히 서술한다. 외톨이로 남겨진 사연은 무엇일까? 먼 길을 걸어온 듯한 절룩이는 신둥이의 배고픔의 해결이 방앗간에서 시작한다. 방앗간 곁살이 간난이할아버지와 누렁이를 만남으로 생의 여정이 시작된다. 그리고 마을 언덕의 주인인 동장네, 큰동장과 검둥이, 작은 동장과 바둑이를 만난다. 이로부터 허기진 배를 채우느라 방앗간 풍구 밑과 검둥이 바둑이의 구유 연자맷돌 심지어 뒷간까지… 식량 동냥의 여정에 파노라마가 펼쳐진다. 어릴 때 동네 개들을 부를 때 모든 호칭은 '워리 워리'였다. 이곳도 마찬가지였으니 그 부름의 역사가 내심 미소 짓게 하였다.

그런 사이 두 동장이 이 낯선 개에 대한 인식이 시작된다. 어느 저녁 큰동장 집에 온 작은동장이 방앗간에서 본 신둥이를 혹 미친 개가 아닌가하여 야무진 목청으로 '미친 개 잡아라' 하는 그 한마디로 졸지에 미친개 소동이 난다. 미친 개라는 문자가 나오는 순간 나는 어릴 적 또 한 가지 트라우마가 올라왔다. 나의 왼쪽 정강이에는 아주 희미한 개 이빨자국이 있다.

6·25 지나고 초등학교 입학 전이었다. 대문 앞에서 졸지에 개한테 물렸는데 개의 임자가 없는 것이었다. 바로 병원에 가서 치료하고 검사를 하더니 광견병 주사를 맞아야 했다. 등에 맞는 주사인데 너무 아파 소동을 부린 기억이 있다. 겨우 끌려가 세 번 맞았었다. 그 세 번은 몸서리치는 곤욕이었다. 지금도 개는 내게는 적이고 두

려움의 대상이다. 아무리 이쁘다 해도 만지지는 못한다. 신둥이가 미친개가 아니기를, 간절한 마음이었다.

현재 반려 애완견의 숫자가 1,500만 마리에 달한다는 통계가 있다. 사람보다 대접받는 요즈음의 개들은 광견병 개는 상상도 못할 것이다. 예방 백신도 철저히 맞는 것으로 알고 있다.

사람들의 이런 소동 속에서도 신둥이 검둥이 바둑이 누렁이는 가족같이 서로 밥그릇을 나누며 친밀해져 간다. 와중에도 간난어머니와 할아버지는 상황을 살피며 신둥이가 미친 개가 아니라는 확신을 하게 된다. 그러나 큰동장은 여전 몽둥이를 들고 추적한다. 밤에 빛나는 푸른색 눈빛 때문에 미친 개로 확신하고, 신둥이는 이를 아는 듯 쫓기며 눈에 띄지 않게 조심한다. 어느 날 밤 뒷간에 간 간난할머니의 미친 개가 있다는 말에 할아버지의 작대기가 기둥을 친 후부터 신둥이는 눈치를 아는 듯 누구의 눈에도 띄지 않는다. 감시의 눈을 피해 다니는 난민의 도망자 생활을 연상케 한다.

마침 이틀씩이나 검둥이 바둑이가 들어오지 않고 신둥이가 뒷산에서 다른 개들과 있는 것을 본 김선달의 말로 동장들은 자기네 개도 미친 개가 된 것으로 여겨 분해한다. 누렁이까지 사흘 전 후로 개들은 모두 돌아왔다. 밥도 잘 먹지 않는 개들을 미친 것으로 동장들은 간주하지만 간난할아버지는 개들이 뒷산에서 수컷 구실을 하고 온 탓이라고 내심 생각한다. 그러는 사이 큰동장은 초복날을 구실삼아 미친 개로 다 몰아 검둥이 바둑이까지 가마솥에 넣는다.

내려오는 말에 오뉴월 개 잡듯 한다는 말이 있다. 개를 많이 때려 잡으면 더 맛이 있다는 것이다. 검둥이와 바둑이가 어떻게 죽어갔을까 가늠이 간다. 검둥이 눈에 비친 푸른 휘가 별나게 파랗다고, 미친 개는 별미 보약이 된다며 궤돌동장, 모시적삼 박초시까지 모시고 밤새 개고기 파티를 한 것이다.

역사는 시대가 변하여도 변치 않는 무엇이 있다. 약육강식과 먹이사슬의 자연순리가 그렇다. 입이 가난했던 동네사람들 누구나 비린 것이라도 이 더위에 맛보고 싶은 생각이 왜 없겠는가, 만일 홀몸이 아니라도 그 이상 없는 보양제라고 생각하면서….

개고기 파티가 지난 두어 달 후 아직도 그 미친 개가 서산 및 방앗간에 와 잔다는 소문으로 그 개를 잡아 보양제로 삼자는 것이었다. 동네 사람들이 몽둥이를 들고 방앗간을 둘러싸면서 어둠속에서도 흰 신둥이의 별나게 새파란 불을 쫓는다. 문득 간난이할아버지는 이런 새파란 불은 신둥이 하나의 몸에서 나오는 것이 아니고 여럿의 몸에서 나오는 것이란 생각이 들었다. 뱃속에 든 새끼의 몫까지 합쳐진 것이라고…. 가슴속을 무엇이 흐른다. 그러나 간난할아버지는 '짐승이라도 새끼 밴 것을 차마?' 개몰이 중 할아버지는 푸른 불꽃이 자기 다리를 빠져나가는 것을 느꼈다.

"파투웨다" 절가의 말에 크고 작은 동장이 한꺼번에 지른 목소리로 "파투라니?"하는 소리에 이어 큰동장이 이리로 걸어오는 목소리로, "틈새를 낸 놈이 누구야?" 하는, 결난 목소리가 들려왔다. 간난이할아버지는 옆의 자기 집으로 들어갔다. 좀 뒤에 역시 큰동장의 결난 목소리로, "늙은 것은 뒈데야 해, 뒈데야 해," 하는 목소리가 집 안까지 들려왔다.

평론가 신형철은 『몰락의 에티카』에서 "소설은 늘 현실보다 더 과잉이거나 결핍이고 더 느리거나 빠르다. 현실 자체가 있는 게 아니라 현실과의 긴장이 있다."라고 말한다. 위의 대목에서 이 소설의 진가와 긴장이 보인다. 누구를 위해 확신도 없는 미친 개를 몰아 잡으려고 하는가…. 그런 와중에 간난할아버지 같은 분이 계시다는 위로의 현실을 보여준다. 신형철은 "소설은 현실을 반영하는 것이 아니라 특정한 세계에서 특정한 문제를 설정하고 특정한 해결을 도모하는 사사전략이다."라고 말한 것이 바로 이 대목이 아닌가 한다.

개의 원류는 늑대라고 하는데 쫓겨가는 순간에는 늑대의 본성이 있지 않았을까? 간난할아버지가 아무리 옛 머슴이었다 해도 죽어야 한다는 험한 말을 하는 동장, 요즘 방송에 나오는 갑질 기업가의 언어폭력이 떠오른다.

이 일이 있은 한 달 뒤 나무하던 간난할아버지는 오는 길에 뼈만 앙상이 남은 신둥이와 새끼들을 발견한다. 그러나 누구에게도 말하지 않는다. 여웃골 강아지를 본 뒤 조심스럽게 강아지를 보는 재미가 있었다. 그리고는 한 마리씩 안고 와 아무에게나 분양하는 것이었다. 할아버지의 진정한 인간본연의 사랑이 돋보이는 대목이다. 결국에 지금 곁에 기르는 것은 신둥이의 증손이고 이 마을의 개는 신둥이의 증손이 아니면 고손이라는 것이다. 크고 작은 동장네 두 집에서까지도 신둥이의 고손을 얻어갔다는 것이다. 이런 말을 전하는 간난할아버지는 "이제는 아주 흰서릿발이 된 덥석부리 속에서 미소를 띄우는 것이었다"라는 시적 멘트로 끝을 맺는다. 그러나 신둥이의 마지막 죽음의 소식을 들은 화자는 공연한 것을 물어보았구나라는 자책 같은 슬픈 마음으로 닫는다.

황순원의 문학에는 전원적 전통마을과 분단 전쟁 상황의 이야기 안에 여러 동물이 많이 나온다. 『이리도』에는 몽골의 이리가, 『두꺼비』, 『구렁이』, 『황소들』, 『원숭이』, 『골목안의 아이』에는 고양이가, 『무서운 웃음』에서는 솔개와 고양이가, 『별』에서는 당나귀가 나온다. 황토방 화롯가에서 할머니가 들려주시던 호랑이, 도깨비와 귀신 같은 설화를 생각하게 한다. 그야말로 순 국산 방식의 전통 순수 문학이다.

이 소설은 동물애호가에게 흥미로운 주제가 될지도 모른다. 한편으로는 읽는 순간 혀를 차며 분노(?)가 일지도 모르겠다. 2018년에 귀족개의 수입액이 백만 달러를 넘었다고 한다. 족보 있는 개들이 받는 대접은 가히 상상하기에도 사람보다 넘친다는 생각을 하게 한다. 유기농 사료와 음식, 보험, 화장장 예약이 힘들다고 한다.

고가의 유골함은 물론이다. 개유치원에는 통학차가, 여행 갈 때는 개호텔에 비행기 전용 좌석이 있다. 명품 옷을 입고 유모차를 타고 쇼핑하고 카시트에 앉아 개카페에 간다고 한다. 미세먼지 마스크까지 팔고 있다. 개 장례식에 십자가를 놓는 사람도, 윤회를 믿는 불교신도는 49제도 올리는 사람도 있다고 한다.

우리 집 뒷길에 개 유치원이 있다. 이곳에 다니는 이웃 개 '비숑' 종 개와 자주 마주친다. 그런데 이 개는 짖지 못하는 아름다운(?)개다. 살아 있는 장난감이자 자식이고 애인임에 틀림이 없다. 그 엄마(?)와 어울리는 한 쌍이라는 생각을 한 적이 있다. 유치원에는 젊은 남녀 도그시터dog-sitter들이 밤 시간에도 돌본다.

목넘이마을의 개는 그야말로 아득한 옛이야기임에 틀림없다. 작품이 쓰인 연대에 어울리게 평안도의 구수한 사투리의 원형은 그야말로 정겹기도 하고 새로워 작품이 살아 움직이는 생동감을 주는 느낌이다. '아즈반이 웨다레' '파투웨다' 같은 이런 우리의 옛말은 사라지고 변형되었다고 해도 잘 보존해야 할 가치가 있지 않을까 생각한다.

이 토착적이고 어쩌면 익숙한 이야기 속에서 전설 속에 숨은 정서와 우리가 잊고 있는 인간 가치가 있음을 부인할 수가 없다. 갑질의 삶, 을의 삶은 영원히 모습을 변화해가며 이어간다. 그러나 간난 할아버지 같은 천연의 을의 삶에서 가장 가치 있는 인간애가 동물에게도 배려하는 모습을, 서로 공존공생하는 모습이 있음을 보여준다. 즉 생명존중의 사상이 짐승세계에도 열려 있는 것이다. 이것이야말로 오늘날 우리에게 필히 요구되는 덕목이기도 하다. 이것 자체가 우리가 진정으로 갈구하는 평화가 아닌가 감히 말해본다.

한국전쟁, 비극적 역사의 얼굴

「곡예사」

김신지

　곡예사란 말에서 생각나는 단어는 서커스다. 그리고 원형의 큰 천막이다. 지금은 우리가 흔히 볼 수 없지만 지방에서는 간혹 있는 것으로 안다. 너른 들판이나 개천가 공터에 세워지던 서커스 천막이 눈에 선하다. 2000년 여름 미국 뉴저지에 있을 때 한가한 큰길을 막고 간이식 천막을 짓고 한 주일을 이동 서커스단이 와 공연하는 것을 본 적이 있다. 어렸을 때 보던 그네, 곡예체조, 원숭이와 함께하는 놀이 등등… 곡예단원은 아랍인과 중국인 가족이었던 것으로 기억된다. 의외로 많은 동네 사람들이 가족끼리 보러가는 것이 신기했다. 미국에서 동네 간이 서커스라니….

　저자인 황순원 작가는 단상 「말과 삶과 자유」에서 "무용이 인간이 육체로 나타내 보이는 가장 순수한 아름다움이라면 곡예는 인간이 육체로 나타내 보이는 가장 순수한 슬픔이다"라고 말한다. 또

한 "곡예사가 이런 생각을 하는 일은 없을까? 이 공중 곡예를 보고 당신네들은 박수를 보내지만 실은 내가 실수해 공중에서 떨어지는 것을 보고 싶어 하는 것은 아니냐고…" 어쩌면 인간 속에는 즐거움 뒤에 이런 극적인 상황을 숨기고 있는지도 모른다.

단편소설집 『곡예사』는 전쟁 발발 후인 1952년 6월 참혹한 전쟁 속에서 탄생했다. 피난민들의 설움을 그린 창작집이다. 작가는 전쟁이 터지자 서울중학교 교사로 근무하면서 대구, 부산으로 다른 난민들과 같이 피난의 고통을 겪었다. 그 어려운 시기에 700부 한정판으로 화가 김환기의 장정으로 11편을 수록하여 발행했다. 창작집 가운데 유일하게 자신의 작품을 간략히 소개한 「책 끝에」가 붙어있다. 표제작 「곡예사」는 1973년 불역되어 《Revue de Corée》에 게재되기도 했다.

6·25 피난길에서 셋방을 얻는 과정이 섬세하게 펼쳐지는 장면들을 보며 소나기마을에서 본 작가의 퇴고 노트가 눈에 들어왔다. 각 장마다 빼곡히 자리 잡은, 마치 누더기로 기운 듯한 작은 글씨들이 소설의 행간에서 보이는 착각을 느꼈다. 언어 세공사란 말이 그냥 붙여졌겠는가. 6·25 피난을 경험한 사람의 하나인 독자로서 활동사진이 한 컷 한 컷 넘겨지는 것 같은 실감나는 장면들이 많았다. 작가는 '책 끝에'라는 부제에서 「곡예사」를 두고 "이것을 쓰면서 나는 나 개인의 반감, 증오심, 분노 같은 것을 억제하기에 적이

노력해야만 했다"라고 술회한다. 가장으로서 얼마나 힘들었으면 이런 표현을 했을까 가히 짐작이 간다.

> 대구에서도 그랬는데 부산 와서도 변호사댁 신세를 지게 됐다.

이야기의 첫 구절이 이렇게 시작된다. 피난지의 시작이 변호사댁이다. 다른 난민들이 천막 다리 밑 처마 밑에서 거적을 덮고 지낸 것과는 비교가 되지 않는다. 그것도 너른 정원이 있는 큰 호화 저택의 헛간에서 시작이다. 그러나 상황이 다를 뿐 피난은 피난일 뿐이다. 잠자리를 여섯 식구가 뿔뿔이 흩어지며 하루를 천년처럼 이리저리 쫓기며 사는 가족의 애환을 그린 작품이다. 대구, 부산에서 겪는 셋방 구하기가 하늘의 별을 따는 전쟁이라는 표현이 이런 것이 아닌가 한다.

그런 중에도 각자 가족이 맡은 일에 충실하며 가족애를 이끌어가는 과정이 가슴을 따뜻하게 한다. 방 구하기가 앞길이 막막한 어느 저녁 귀갓길, 개천 둑 어둔 밤, 하늘에 총총 뜬 별들 아래 아이의 노래로 시작하여 목말을 타고 노래 춤의 잔치로 마치 '곡예사'가 된 가족의 귀갓길의 이야기로 끝을 맺는다. 무대는 부민동 개천 둑, 곡예단 단장은 황순원, 단원은 어린 피에로 자녀들… 다시 되풀이되지 않기를 바라는 초라한 곡예를 위해 단장의 인사로 대단원을 맺는다.

첫 페이지를 훑는 중 변호사의 횡포(?)가 거슬린다. 이런 일은 시절 구분이 없이 지속되는 역사의 한 부분임은 어쩔 수 없는 것이다. 문득 원로 법조인이신 한승헌 변호사의 글이 떠오른다. 수필 부분에서 "인생길에는 의사와 변호사를 만나는 경우가 있다. 그러나 의사도 변호사도 100% 믿지 말라"던 구절이 생각났다. 인간은 오진이나 오류를 범할 수 있음을 암시한 유머라고 생각했다. 환자도 피변호인도 다 사회적 약자이다.'사'자 붙은 사람들은 전문인으로 사회적 강자이고 약자는 어쩔 수 없이 이들에게 의지하게 된다. 특히 법망 앞에서는 예나 지금이나 유전무죄有錢無罪의 진리가 이어지고 있지 않나 한다.

크리스마스 날 대구에서 떨어졌다는 가족을 찾아 부산에서 온 작가의 가족은 모 변호사의 굉장히 큰 저택의 헛간에 머물게 되었다. 북향에 진종일 볕이라곤 얼씬도 하지 않는 춥고 음산한 방이지만 고마움을 갖는다. 그러나 이 댁 살림이 장모 노파의 손에서 노는 것에서 애환은 꼬리를 문다. 변호사댁 장모의 파워는 오늘날에도 진행형 역사가 아닌가 한다. 집칸이라도 버젓이 크게 가지고 있는 분들은 전쟁통에도 '사'자 붙은 댁이었음을 유추해볼 수 있다. 변호사 장모의 셋집을 향한 주의사항은 실로 구체적이다. 저녁이 되면 안뜰에 나오지 말라, 물도 길 수 없다, 아침에는 주인보다 먼저 물을 길 수 없다. 빨래도 금지다. 밤에 목이 타도 물은 못 길고 심지어 안뜰 화장실을 쓸 수 없어 뜰 다복솔 옆으로 거적 늪을 마련해야 했다. 변호사 부인인 무남독녀 집 살림은 장모 노파가 주무르는 것이다. 노파의 취미는 친구들과 골패나 하고 불공드리러 가는 것이다. 감정 조바위를 쓰고 비단옷 차림으로… 작가는 '인생이란 하다못해 요정도라도 안일하게 늙어가야 할 종류의 것'인지도 모른다고 무거운 마음을 술회한다.

아홉 살 딸 선아의 운동화 한 짝이 없어진 사건은 아연 슬프기 짝이 없다. 아픈 사람 나이와 같은 사람 신발 하나를 가져다 어찌어찌하면 그 병이 그 사람에게 간다는 미신, 노엽고 슬픈 사건은 결국 이 댁 개의 작품이어서 큰 위안이 된다. 그런데 근심 끝에서 근심은 기다리고 있다. 노파가 구공탄을 들인다고 방을 비우라는 것이다.

실제는 노파 친구들이 거적 닢 화장실을 발견한 것이 화근이다. "거지 떼나 할 수 있다느니, 사람이 사람 모양만 했다고 사람이냐"느니 피난민 수용소가 아닌 바에야 당장 내보내야겠다는 것이다. 실은 이 점이 노파로 하여금 자신이 말한 인간은 인간다운 행실을 해야 한다는 것을 몸소 실천해 뵈는 대목이 아닌가 한다. "왜냐하면 노파 자신이 우리들에게 안뜰 변소를 사용치 못하게 하고, 거기다 거적 닢을 치게끔 분부를 해놓았으니, 진드기가 아닌 우리가 오줌똥 안 눌 수는 없고, 실로 면목 없는 행실이나 거기 대소변을 보지 않을 수 없다는 걸 잊지 않은 점에서"라고 한탄하는 대목에서 역설적으로 드러난다. 인간의 본질은 감정이 있는 동물이다. 인간은 말하고 행동하는 존재이기에 감정이 그대로 드러난다.

헛간에서 쫓겨난 황순원 가족부대는 어찌하여 3월 하순에는 부산에 가게 된다. 부산에 와 처제가 있는 집에 신세를 질 예정이었는데 이 집 또한 변호사 댁이다. 반침이 없는 다다미 여섯 장 방도 이미 법무관 부인이 아이 둘과 쓰고 있다는 것이다. 그러나 바람 잘 날은 이미 없다. 별안간 방을 비우란다. 그 방에 식모를 둔다는 것이다. 변호사 댁의 식모를….

가족의 존재 방식은 결론이 분산방식뿐이다. 감히 여관도 갈 수 없는 여섯 식구의 결론이다. 이 집의 열 장 다다미방에 있는 사람은 3가구 총 19명이다. 열아홉 명의 사람이 자는 방은 얼마나 큰 것일까? 숨도 못 쉬게 포개거나 앉아서 자야 할지도 모른다. 폴란드의 나치 수용소 '아우슈비츠'가 떠오른다. 시커먼 마룻바닥, 벗겨진 시멘트 바닥의 주인 잃은 나무침대들이 어른거린다.

시골 외가로 간 피난지의 여름밤이 다가선다. 육각모의 인민군을 피해 산 밑에 있는 누에집에서 이종사촌 언니와 셋이 밤을 꼬박 샜다. 누에는 밤새 뽕잎을 먹느라 사각대고 행여 누에들이 몸 위로 떨어질까 소리도 못 내고 웅크리고 앉아 날이 밝기만을 얼마나 기다렸는가, 집 아래에 있는 모시밭과 뽕나무밭의 발자국 소리에 온 귀를 모으고 얼마나 떨었던가, B-29 비행기 소리만 나면 방공호에서 엎드려 귀만 세우던 밤들…. 황순원 가족이 사는 길은 숨는 일이 아니라, 흩어져 분산하는 것이 사는 길이었다. 아버지는 부모가 계신 남포동으로, 큰애 둘은 단칸방에 여섯 식구인 외가로 아내와 두 아이는 할 수 없이 처제 집으로 흩어지기로 했다.

아직 자리에서 일어나기도 전인데 벌컥 문이 열리더니, 거기 이 댁 변호사영감이 나타난 것이었다. 무섭게 부릅뜬 눈이었다. 그리고 성난 음성으로 고함을 지르는 것이었다.

"당신네들도 인간인 거요? 오늘 아침으로 당장 나가소. 사람이란 염치가 있어야지 않소. 만일 오늘도 아니 나가면 법으로 해결 짓겠소."

이 댁 두 딸과 부인 법과대학생이라는 아들까지 응원을 오고, 이 아들은 폭력행위까지 하려고 한다. 그러나 여관으로 나가라는 말에는 결코 동의할 수 없는 형편이 문제다. 역시 법사들은 법으로 한다고 한다. 우스갯소리로 밥 없으면 라면 먹지 왜 굶느냐고 하는 말과 일맥상통이다. 온갖 비책에 머리를 맞대도 방을 구할 수도, 비울 수도 없는 상황이다. 폭력까지 행하려는 아들 법대생에 대한 두려움도 숨길 수가 없다. 여기 저기 온갖 데에다 부탁해도 길이 없는 것이 가장의 제일 큰 슬픔이다. 식모 준다고 방을 비우라는 변호사의 갑질(?)은 여섯 식구는 이 댁 식모 하나만도 못한 것이다. 연약한 선비 같은 사십대 가장의 여린 몸, 영락없는 작가의 자전적 소설임을 실감케 한다. 이미 대구의 변호사 댁에서도 부산의 변호사 댁에서도 인간이 아니라는 낙인이 찍혔다. 돈이 아닌 오직 식모를 위해

방을 비우라는 것은 법치로는 옳은 구석이기도 하리라.

견디다 못해 부둣가에서 대폿술을 앞에 놓고 지난날 스물 안팎에 술 싸움하던 회상을 한다. '내 얼굴에는 그 기념물이 수두룩하다'라는 또는 '남의 코피도 적잖이 내주고 남의 이빨을 두 개나 꺾어놓고'라는 시적 표현이 독자로 하여금 미소 짓게 한다. 뭉개기를 사흘째 하던 날, 쫓겨나더라도 구실을 만들기 위해 방세를 선불로 하되 올려주는 지혜를 짜낸다. 보통 1~2만 원에서 대폭 올려 5만 원으로 책정했다. 이미 온 식구가 장사를 시작했다. 아내는 옷가지를 가지고 국제시장에, 큰애들은 서면에 가 미군부대를 상대로 담배나 껌을 팔았다. 이 집세도 아내의 장삿돈에서 댄 것이다. 영화 〈국제시장〉의 장면들이 지나간다. 아버지 덕수의 삶을 보아도 실화 아닌 것이 없다. 부둣가 거적살이 국제시장에서의 피 터지는 생존경쟁이 그대로 역사인 것이다. 좌판 아즈마니 아즈바이는 피난민이면 누구라도 거쳐가는 필수 과정이었는지도 모른다.

그런데 안방에 간 아내는 금방 돌아왔다. 돈을 두고 왔지만 이러저러 이유도 없이 이튿날 돈은 돌아오고야 말았다. 거절하는 부인의 구실이 압권이다. 식모인 할머니와 같이 자는 딸들이 할머니 코고는 소리에 잠을 잘 수가 없다는 것이다. 딸 친구가 방 하나만 구해주면 금손목시계를 사 주겠다고 해도 거절했다는 것이었다. 참으로 가장의 간을 서늘케 하는 답이다.

그러는데 이 말 같은 두 처녀가 누구에게라도 없이, 이삼 일 내로 반드시 방을 내놓으라는 말과 함께, 나에게 시선을 한 번씩 던지고 나가버렸다. 그 시선들이 멸시에 찬 눈초리였든 어쨌든 그것은 벌써 아무래도 좋았다. 그저 이들의 전법이 그 효과에 있어서 내게는 이들의 오빠 되는 청년이 내 따귀를 몇 번 갈기는 것보다 더 컸다는 것만은 자인하지 않을 수 없었다.

이 부분은 간접폭력, 언어폭력이라는 단어가 머리에 떠오른다. 이런 상황에서도 변호사 영감은 정원을 가꾸는 유유자적한 생활을 하는 모습은 '갑'과 '을'의 구분된 삶의 풍경이 여실히 드러난다.

동료 친구들에게 구걸하듯 부탁한 방은 여전 소식이 없다. 깜깜한 밤에 돌아온 방안조차도 깜깜하다. 처제가 애들 재우는가 미루어 생각하고 개천가에서 오는 식구들을 기다린다. 돌아온 아이들이 앉은 채로 조는 모습을 보다 담배를 꺼내 문다. "성냥이 일어서지 않는다. 공중에서는 검은 빗방울이 들기 시작한다." 이 부분도 작가의 시적 표현이 돋보인다. 풀죽은 가장의 처절한 모습, 무거운 어깨가 보이는 듯하다. 어둔 방, 그러나 이 댁은 특수선으로 온 집이 환하다. 고장인지 고의인지, 이날은 이 댁에서 어린것들을 더 못살게 굴더라는 것이다. 어둠 속에서 소리 죽여가며 우는 애들 이모와 식구들은 낮에는 집을 진공상태로 해두기로 한다. 그러나 어둠 속에서 싸늘히 식은 밥덩이가 넘어가지 않는 것이다.

깜깜한 밤이 되어 돌아온 큰애들이 껌꽉이나 담배보루를 익숙하게 돌리는 손놀림이 슬퍼서 눈길을 돌린다. '프리즈 쌜 투 미'라고 하면 잘 팔아 준다는 육학년 아들에게 '쌜 투 미'라고 고쳐주는 선생님 아버지. 둘째가 붙잡히게 된 친구가 지랄병 흉내로 모면하는 친구 얘기를 한다. 몇 센트의 군표를 위해 그 꼬마처럼 할 일을 생각한다.

집으로 가는 개천둑 어둔 길에서 갑자기 남아가 우리 노래 불러요, 한다. 별이 총총한 하늘 아래 선아도 동아도 남아도 따라 부른다. 변호사댁에서 노래는커녕 소리도 크게 못 지른 아이들, 어찌 막을 수 있는가. 등에서 진아가 잠을 깼다. 깨어나서는 누나가 다시 부르기 시작한, 나비야 나비야 이리 날아 오너라를 같이 불러 본다. 선아는 율동까지 섞어가며 한다. 흡사 어둠속을 날아가는 나비와도 같이. 토끼야를 부르던 진아가 아빠에게 무등을 타고 토끼 시늉을 한다.

어두운 개천둑에서 요맛 무게 요맛 움직임 밑에서도 재주를 부리는 중 아빠는 문득 곡예사라는 말을 떠올린다. 진아는 내 어깨 위에서 선아는 나비의 곡예를 남아는 자전거 곡예를 군표를 위한 지랄도 슬픈 곡예인 것이다. 동아의 껌팔이를 위한 쌜 투 미 동작도 훌륭한 곡예인 것이다. 모두 황순원 곡예단의 어린 피에로요 단장은 황순원이다. 피에로 동아가 소렌토를 부르자 쓸데없는 어릿광대의 인사를 한다. 오늘의 이 곡예가 먼 훗날 되돌아볼 때 다만 이 어린 피에로들이 다 기억은 못 해도 자기들의 곡예단을 가지게 되어도 그들의 어린 피에로들과 이런 무대와 슬픈 곡예는 되풀이 되지 않기만을…. 아내가 한 팔을 남편의 허리에 돌려준다. 아내 손을 잡아주는데 동아의 노래가 뚝 그친다. 어느 사이 변호사댁 앞이다.

그러면 여러분, 프로는 이것으로 끝막기로 하겠습니다. 준비가 없었던 탓으로 이렇게 초라한 곡예가 되어 부끄럽기 짝이 없습니다. 내일을 기대해 주십시오. 우리 곡예단을 이처럼 사랑해주시는데 대해서는 단을 대표해 감사의 뜻을 표해 마지않는 바입니다. 그러면 안녕히들 주무세요. 굿 바이! 1951. 오월

소설의 끝맺음이다. 굿 나잇이 아니고 굿 바이인 것은 하늘의 별들에게 한 인사일 거라고 독자는 생각해본다. 캄캄한 밤 여섯 식구는 변호사댁에서 발이라도 뻗고 앉았을까, 눈이라도 붙였을까? 이 글을 쓰며 작가가 나 개인의 증오, 반감, 분노를 억제하느라 적이 노력했다는 말이 다시 떠오른다. 이 후의 작가의 가족은 어디서 어떻게 지냈을까? 몹시 궁금한 여운이 돈다.

지금도 부산에 가면 그 흔적들이 고스란히 남아 있다. 피난시절엔 땅만 있으면 손바닥만한 자리라도 거적 깔고 움막을 짓거나 판잣집을 지었다. 산 아래로 거대한 골목촌이 다 역사의 현장이다. 집 모양만 바뀌었을 뿐, 골목의 미로들은 그대로이다. 빈자들의 언

덕이라는 소위 무덤 위의 달동네라는 아미동 마을도 70년 흔적이 그대로 있다. 일제강점기에 형성된 일본인 공동묘지에 피난민들이 집을 지어 살았다. 평평한 상석이 묘지임을 알지만 움막이라도 짓고 살 곳을 찾는 절박한 삶이었다. 전쟁이 끝났어도 여전히 궁핍한 생활에서 벗어나지 못하고 가난의 굴레에 머물고 있다. 어깨가 닿을 정도로 좁은 골목이 전쟁의 비극을 그대로 보여준다. 주민들 스스로 '똥골'이라고 부르는 마을이 아직도 있음을 누구를 탓할까.

전쟁의 아픔 슬픔 불행은 이루 헤아리기가 어렵게 많다. 개인 사회 국가적으로 역사의 아픔을 수없이 겪고 들었어도 가장 큰 아픔과 슬픔은 아직도 이 순간에도 이 전쟁은 끝이 나지 않고 진행 중이라는 것이다. 평화를 가장해 덤비는 어둠의 세력은 지금도 전쟁 상황이다. 조지 오웰은 『1984』에서 전쟁 행위의 본질은 인간의 생명을 파괴하는 것이 아니라 인간의 노동력의 산물을 파괴하는 것이라고 했다. 영원한 평화는 영원한 전쟁이라고까지 암울한 사회를 말한다. 그러나 인간이 자유의지를 품고 있는 한 어떤 전체주의보다 강력한 정치 시스템도 인간을 지배할 수 없다고 말한다. 제2차 세계대전시 쓰인 유명한 안네 프랭크의 일기에서도 "결국 이 세상에서 가장 예리한 무기는 친절하고 온유한 정신이다"고 말했다. 전쟁이 가르쳐주는 교훈이 아닌가 한다.

우리는 전쟁이라는 마그마를 끌어안고 사는 화산이나 무엇이 다를까. 작가가 이런 무대와 이런 곡예가 다시는 되풀이 되지 않기를 바란 것이 지금 우리 모두의 염원이 아닐까. 우리의 상황이 마음이 지옥일 때에라도 곡예사의 꽃을 피울 수 있는 것이 인간의 위대함이 아닐까 생각해본다.

동심과 우정의 변주곡

「학」

김괴경

황순원의 단편소설 「학」은 한국전쟁이 가져다준 비극적 상황과 그 상황을 겪으면서도 상실하지 않고 간직한 인간애를 보여준다. 동족상잔이라는 민족적 비극 속에서도 찬연히 빛나는 순수한 우정을 통하여 이념을 초월한 따뜻한 인간애를 서정적으로 승화시키고 있다. 이를 통해 순수한 인간의 본성과 진정한 의미의 인간다운 삶이 무엇인가를 깊이 생각할 수 있는 기회를 제공하는 이 소설은 미국의 계간지 《프레리 스쿠너Prairie Schooner》에도 게재된 바 있다.

이 소설에서도 역시나 작가 황순원 문체의 특징이 잘 드러난다. 작가는 각 문장이 짧고 수식어가 적으며 사실적인 세부 묘사를 대담하게 생략하는 등 상황이 주는 이미지 전달에 주력하고 있다. 생각하는 부분이나 대화 부분에 따옴표를 생략하여 직접화법보다는 간접화법으로 처리한 곳도 많다.

작가는 소설 속 두 친구가 이념으로 인한 갈등을 극복하고 우정을 회복하는 과정을 보여줌으로써, 민족의 동질성과 동족애를 회복해가는 과정을 상징적으로 제시하고 있다. 그러기 위해서 구성이 시간의 흐름에 따라 전개되지 않고, 현재에서 과거로, 과거에서 다시 현재로 이어지고 있다. 우정의 회복 과정에 과거의 회상이 상황을 반전시키는 큰 역할을 하고 있기 때문이다.

　이 소설의 시간적 배경은 필자인 내가 직접 겪었던 시기로 한국전쟁이 일어난 1950년대이고, 공간적 배경은 삼팔선을 가까이에 두고 있는 북쪽 마을이며, 상황적 배경은 전쟁에서 패한 인민군이 북한으로 되돌아간 후에 남한의 치안부대가 남은 인민군을 북으로 호송하기 위해 색출하고 있는 과정이다. 분량이 매우 짧은 이 소설은 줄거리도 아주 간단하다.

　주인공 성삼과 덕재는 삼팔선을 접하고 있는 이북 마을에서 어린 시절을 함께 보낸 단짝 친구이다. 성삼이 천태라는 곳으로 이사하기 전까지 둘은 항상 붙어 다녔다. 한국전쟁이라는 비극적 상황을 겪어내면서 성삼은 치안대원이 되었고, 덕재는 농민동맹 부위원장이 되었다. 한마디로 단짝이었던 두 친구는 남북 분단이라는 아픈 정세에 휩쓸려 서로 다른 편에 서게 된 셈이다.

　치안대원으로서 소위 인민군을 색출하러 돌아다니며 고향 마을까지 오게 된 성삼은 밧줄로 묶여 있는 덕재를 발견하고 깜짝 놀란

다. 덕재는 농민동맹 부위원장으로서 부역을 했으며 소위 간첩의 임무를 받아 피난하지 않고 잠복해 있었다는 이유로 치안대에 잡혀와 청단으로 호송되기를 기다리고 있었던 것이다. 성삼은 자신이 덕재를 직접 호송하겠다고 자청하였다.

둘은 서로 모르는 사이인 양 얼굴도 마주하지 않은 채 북쪽을 향해 길을 떠난다. 부역한 죄로 잡혀온 덕재에게서 이념의 대립을 느끼고 마음이 상한 성삼은 "사람을 몇이나 죽였냐?"고 재차 물으며 화를 내기도 했다. 성삼이 화를 내는 장면에서는 친구의 변심에 대해 안타까워하는 마음이 느껴지기도 한다.

같은 질문을 소리치듯 여러 번 반복하여 던진 끝에, 성삼은 덕재가 빈농이었기 때문에 강제로 농민동맹 부위원장이 되었고, 늙은 아버지가 병들어 누워 계시고 또 농사일을 해야 하기 때문에 피난을 가지 못했다는 이야기를 듣게 된다. 사실 덕재는 '이념'이라는 단어가 사치스러울 만큼 무지한 빈농으로, '예나 이제나 땅을 파먹는 재주밖에는 없는 사람'일 뿐이었다.

대화를 나누는 둘 사이에서는 대립이나 갈등의 감정이 서서히 퇴색하게 되었고, "장가는 갔냐?"는 성삼의 사적인 질문은, 함께 뒹굴며 단짝으로 지내던 시절로 돌아갈 감정의 문을 열게 된다. 같이 혹부리 할아버지의 밤을 훔쳐 먹던 일에 대한 추억도 소환하고, 어린 시절 두 사람이 놀려대서 울리곤 했던 꼬맹이와 덕재가 결혼하여 곧 아기가 태어날 것이라는 이야기를 주고받으며, 지금 그들이 처한 현실은 아무런 상관이 없기라도 하는 듯 웃음을 터뜨리기도 한다. 이사로 인한 이별과 전쟁으로 인한 대립적 관계에서 완전히 벗어나 옛날의 따뜻했던 우정을 회복하고 있는 것처럼 보인다.

그렇게 덕재를 호송하며 가는 도중에 삼팔선 완충지대에 이르러 학 떼를 보게 된 성삼의 마음은 어린 시절로 돌아간다. 성삼과 덕재는 학 한 마리를 잡은 적이 있었다. 이마에 빨간 점이 찍힌 단정학丹頂鶴이었다. 그 학을 새끼로 묶어놓고 매일 찾아가 학의 목을 끌어안기도 하고 등에 올라타기도 하면서 놀았다. 그러다 사냥꾼이 학을 잡으러 총을 들고 온다는 소리를 듣고, 묶어 두었던 학을 놓아주었다. 이 대목은 성삼과 덕재의 생명에 대한 사랑을 구체적이고 직접적으로 드러내기도 하고, 어쩌면 나중에 죽을 위기에 처한 덕재를 살려주는 성삼의 인간애에 대한 복선이 되기도 한다.

학은 오랫동안 묶여 있어서인지 날기는커녕 잘 걷지도 못했다. 곧이어 총소리가 들렸고 두 소년은 학이 떨어지는 걸 보았나 싶었는데, 어디선가 단정학 한 마리가 날아와 떨어진 학과 함께 두 소년의 머리 위로 멀리 날아갔다. 성삼에게 그 기억이 떠오른 것이다. 성삼은 갑자기 덕재에게 제안한다.

"애, 우리 학 사냥이나 한 번 하구 가자."
성삼이가 불쑥 이런 말을 했다.

● 작가 황순원

덕재는 무슨 영문인지 어리둥절하고 있는데,

"내 이걸루 올가미 만들어 놀께, 너 학을 몰아 오너라."

포승줄을 풀어 쥐더니, 어느새 성삼이는 잡풀 새로 기는 걸음을 쳤다.

대번 덕재의 얼굴에서 핏기가 걷혔다.

좀 전에, 너는 총살감이라던 말이 퍼뜩 머리를 스치고 지나갔다.

이제 성삼이가 기어가는 쪽 어디서 총알이 날아오리라.

저만치서 성삼이가 획 고개를 돌렸다.

"어이, 왜 멍추같이 섰는 거야? 어서 학이나 몰아 오너라."

그제서야 덕재도 무엇을 깨달은 듯, 잡풀 새를 기기 시작했다.

때마침 단정학 두세 마리가 높푸른 가을 하늘에 큰 날개를 펴고 유유히 날고 있었다.

작가는 이렇게 소설의 끝을 맺는다. 단짝이었던 두 친구가 비록 예전처럼 함께 즐겁게 지내는 사이로 돌아가지는 못할지언정, 친구를 향해 총을 겨누거나 북으로 송환시키지는 않고 도망치도록 길을 열어 준다. 결국 성삼은 이념보다 우정을 선택한 것이다. 그 둘의 우정은 성삼의 선택으로 인해 회복되었으며, 성삼의 선택은 과거의 기억으로 인해 결정되었다고 볼 수 있다.

가지고 놀려고 잡았던 학이 정작 총에 맞을 위기에 처하자 얼른 놓아주었듯이, 치안대원으로서의 임무를 띠고 자신이 잡아가던 덕재가 앞으로 어떻게 되리라는 것을 예견할 수 있었던 성삼이 덕재를 풀어주었다. 총에 맞아죽을 운명에 처한 학과 역시 총살을 당할 운명에 처한 덕재는, 성삼의 생명과 인간에 대한 성품으로써 구해줄 수밖에 없는 대상이었다.

사실 성삼이 덕재를 풀어준 것은 쉽거나 단순한 결정이 아니었을 것이다. 어떤 임무를 띠고 잠복하고 있다가 잡힌 부역자를 놓쳤다는 이유로, 성삼이 결코 가볍지 않은 고초를 겪을 것이라는 사실을 모르지 않았을 것이었기 때문이다. 혹 총살을 당할 수도 있는 일이었다. 그러나 성삼의 인간애는 앞뒤 재지 않고 친구를 놓아주는 결정을 하도록 작용했던 것이다.

우리 민족에게 길조의 상징인 학은 소설 속에서 구속으로부터 벗어남, 즉 자유를 의미하는 동시에 과거를 회상하는 매개가 되어 우정을 치유하고 회복하게 하는 역할을 한다. 마지막 장면에서 단정학 두세 마리가 유유히 날아가는 모습은 어린 시절 성삼과 덕재가 잡았다가 놓아준 학이 다른 학과 날아가는 모습과 중첩되며 '자유'와 '우정 회복'이라는 주제를 명확하게 드러낸다.

한마디로 학은 제목으로도 알 수 있듯이 황순원 작가가 이 소설을 통해 말하고자 하는 메시지를 명확하게 전달하는 소재이다. 또한 이념의 갈등이 빚은 인간성 파괴 또는 상실을 사랑으로 회복한다는 소설의 주제를 표현하기 위한 과거 회상의 장치가 되어준다.

이런 주제는 결국 '우정이나 인간애가 이념보다는 우위에 있다', '이데올로기에 왜곡된 인간을 구원하는 힘은 인간의 순수한 마음 외에는 없다'는 작가의 주제의식을 우리에게 그대로 노출시킨다.

소설 「학」은 이념적으로 적대 관계에 놓인 두 사람이 평화롭고 행복했던 과거의 체험을 확인하면서 현실의 갈등을 해소하는 과정을 잔잔하고 따뜻하게 묘사하고 있다. 특히 결말 부분의 학의 비상은 상황에 대한 직접적인 서술 대신 생략과 암시의 방법을 사용하여 덕재와 성삼의 갈등이 해소되었음을 상징적으로 보여줄 뿐만 아니라 학 자체에 대해 가지고 있는 우리의 감성처럼 신비한 여운을 남긴다. 작가 황순원만의 휴머니즘을 단정적으로 보여주는 소설이라 생각된다.

또 다른 소년과
소녀의 사랑이야기

「소나기」 다시 쓰기

이상임

까치발을 들고 고개를 치켜들면 집안이 들여다보일 정도로 낮은 담이 소담하게 둘린 집에서 소녀는 밥을 먹고 있다. 때는 보릿고개를 지나고 있어서 밥 냄새가 나는 집을 기웃거리는 거지들의 방문이 어색하지 않으나, 반가울 리는 없다. 밥 한 술만 달라는 거지의 소리에 소녀는 먹던 밥그릇을 들고 나와 거지 깡통에 부어준다. '이런! 그걸 다 주면 네가 굶게 되잖아.' 담 너머 소녀를 훔쳐보고 있던 소년의 낮은 목소리는 애가 탄다.

집에서 30리나 떨어진 학교에 다니는 소년은 하루에 60리를 걸어야 하지만, 집으로 돌아오는 길에 건너게 되는 징검다리와 시냇물에서 쉼을 얻는다. 책 보따리를 시냇가에 풀어 놓고 조약돌을 집어 들어 물수제비를 뜬다. 만족스러울 때까지 뜨고 뜨고 또 뜬다. 그러곤 푸덕푸덕 세수를 한다. 젖은 옷을 툭툭 털고 걷다가 소녀의 집 담장을 한번 넘어다보는 것만으로 기운을 얻은 소년은 집에 돌아와 소를 먹이고 풀을 베어 나른다. 습관처럼 반복되는 소년의 일과다.

그날도 학교에서 돌아오는 길에 시냇가에 이르렀다. 소녀가 시냇가에서 빨래를 하고 있었다. 마을을 감싸고 있는 푸른 산, 생기 넘치게 흐르는 물소리, 햇살을 한 몸에 고스란히 받고 있는 소녀의 뒷모습, 소년의 눈엔 한 폭의 그림이 들어왔고, 그 그림의 주인공은 당연히 소녀였다.

'시냇물을 튀기면 소녀가 돌아볼까?' 어떻게든 소녀에게 다가가고 싶었던 소년은 풍덩! 큰 돌 하나를 소녀 곁으로 던졌다. 깜짝 놀란 소녀는 벌떡 일어서서 두리번거린다. 소년을 발견한 소녀는 소리를 치지만 기분 나쁜 말투는 아니다.

"아이, 참! 이게 뭐예요?"
"시냇물이 세수를 시켜 준거지."
"쳇, 말도 안 돼. 다 젖었잖아. 어떻게 해? 난 몰라!"

소녀가 하는 말에 소년은 마냥 즐겁기만 해서 싱글벙글, 소녀는 치마폭을 펼쳐 물기를 툭툭 털어낸다. 생각보다 많이 젖은 소녀의 옷을 보고 소년이 미안해 어쩔 줄 몰라 하자, 소녀는 이내 괜찮다며 시냇물에 반사되어 반짝이는 봄빛보다 더 화사하게 미소를 지어 보인다. 동그란 눈 아래 볼그레한 뺨에 볼우물이 살짝 팬다. '역시 정희 마음은 천사 같애.' 소년은 소녀를 꼭 안아 토닥이고 싶은 '어른스러운' 마음이 솟아남을 느꼈다.

거울처럼 맑고 비단처럼 고운 물결, 평화롭게 놓여 있는 징검다리, 거기 걸터앉은 소녀. 요즈음 소년의 마음속에 매일 그려지고 있는 동화 같은 풍경이다. 소녀는 어디에서 왔을까? 마치 하늘에서 내려온 선녀인 듯, 천사인 듯, 소년에겐 꿈에서나 볼 수 있던 영묘한 존재. 하늘빛을 담고 불어오는 바람이 소년을 품어주듯 소녀를 생각만 해도 마음이 포근해진다.

소녀가 소년의 마을로 이사 온 건 그리 오래된 일이 아니다. 6·25 전쟁 때 부모가 모두 죽고 할아버지 할머니 손에서 키워지게 되면서 이 산골마을에서 함께 살게 되었다. 소녀는 부모 없는 아이 같지 않게 밝고 착해서 동네 어른들의 칭찬을 곧잘 듣곤 한다.

어느 날 저녁, 부모님의 대화 속에서 소녀의 이름 '정희'가 들려오자 소년의 귀가 쫑긋해진다.

"정희는 어린 애가 어른스러워. 그 어린 것이 편찮으신 할머니를 돌봐드리잖아. 어찌 그리 잘 컸는지."

"그러게요. 제 할아버지 살아계실 때는 응석받이더니 할아버지

돌아가시고 나서는 부쩍 어른이 됐어요. 정희 할머니도 만나기만 하면 손녀 자랑이 대단해요. 공부도 아주 잘 한다네요."

"전쟁 때 아들, 며느리를 한꺼번에 잃은 정희 할머니도 불쌍하지만 부모가 없어 너무 일찍 어른이 된 게 아닌가 싶어 안쓰럽네. 해창이더러 좀 잘 돌봐주라고 해야겠어. 교회에도 데리고 다니고 말이야."

주고받는 부모님의 대화를 들으며 흐뭇해져 입꼬리가 저절로 올라간 소년은 속으로 다짐한다. '나도 공부를 좀 더 열심히 해야겠군. 부모님 농사도 틈틈이 도와드리고. 이번 주 일요일부터 정희랑 교회를 같이 간다?' 생각만 해도 신이 날 일이다. 안 그래도 교회 가는 걸 좋아했던 소년은 일요일을 손꼽아 기다린다. 일주일 중에 가장 즐거운 날이다. 함께 교회에 다니게 되면서부터 소년과 소녀는 친남매처럼 가까운 사이가 된다.

은구슬 같은 물방울이 맺힌 풀잎 위에서 소년과 소녀는 맨발로 달음박질 시합을 한다. 소년은 한 번도 소녀를 이긴 적이 없다. 번번이 이기는 소녀는 달음박질 끝에 숨이 차올라 헉헉거리면서도 또 이겼다며 신나서 펄쩍거린다. 반짝이는 눈망울은 더욱 맑은 빛을 발한다. 소년은 얼마 전 시냇가에서 소녀의 착한 심성에 감동하여 소녀를 꼭 안아주고 싶던 때와는 사뭇 다른 느낌으로 소녀를 안아주고 싶다는 생각을 하지만, 그런 걸 알 리 없는 소녀는 소년을 툭툭 친다.

"오빠, 꽃 이름 이어가기 하자."
"응, 그래, 너부터 시작해."

꽃 이름 이어가기에서도 여지없이 소녀가 이긴다. 깔깔대는 소녀의 웃음소리에 소년은 소녀보다 더 행복하다.

소년과 소녀의 놀이는 무궁무진하다. 꽃뿐 아니라 새, 나무, 동물 등 이름 붙은 것들은 모두 찾아 이름 이어가기 놀이만 해도 하루해가 저문다. 가끔씩 숨바꼭질 할 때면 일부러 들켜 주는 소년. 어떤 날은 새를 쫓아가며 놀고, 어떤 날은 메뚜기 잡는 법을 가르쳐주기도 한다. 토끼풀이 가득한 들판에서 소년은 꽃반지며 꽃목걸이를 만들어 소녀에게 걸어준다. 다가선 소녀의 머리에서 나는 기분 좋은 냄새가 소년의 코끝을 스친다.

천진스런 소녀와 함께하면서 소년은 점점 어른이 되어 간다. 소녀의 마음은 새봄에 솟아나는 잎처럼 생명력으로 차오른다. 그렇게 소녀와 소년은 함께하는 시간을 하루하루 더해갔고, 해창과 정희는 이제 소년과 소녀로 불리기엔 너무 커졌다.

어느 날, 해창과 정희가 함께 시간을 보내고 있을 때 갑자기 소나기가 쏟아진다. 둘은 근처의 낡은 처마에서 잠시 비를 피한다. 언제 비가 왔었냐는 듯 금세 그친 소나기를 뒤로 하고 산 위에 무지개가 뜬다. 누가 먼저랄 것도 없이 해창과 정희는 동시에 소리친다.

"무지개다!"

서로 마주보며 웃음을 터뜨리는데 해창의 가슴이 쿵쾅거린다. 무지개 때문인가. 무지갯빛보다 더 맑고 밝은 정희의 눈망울 때문인가. 어색해진 해창은 마주친 눈빛을 피하며 국어시간에 배운 시라며 정희에게 윌리엄 워즈워드의 〈무지개〉를 읊어 준다.

내면의 열정이 점화되는 열여덟 뜨거운 나이의 해창. 자연의 아름다움, 생명의 움직임에도 자신조차 알 수 없이 설레게 되는 시기이다. 그 뜨거움과 설렘을 잠재우려는 것인가. 해창은 비 오는 날 우산도 쓰지 않고 길을 걷는다거나 풀잎 끝에 아슬아슬하게 매달린 이슬방울을 바라보며 시를 짓기도 한다.

봄꿈

풀잎은 이슬비 송송
빛나는 은구슬 꿰고
발돋움 향기 날리니

산 너머 해님 스르르 잠들고
밤하늘 별나라 푸른 꿈꾸는
아기별 따러 놀러 가지요.

문득 가던 길 멈추고 주머니에서 만지작거리다 해창이 정희에게 내민 쪽지. 정희는 뜻을 알기나 하는 듯 화사하게 웃는다. 정희의 해맑은 미소는 그 어느 답시答詩보다 곱고 순수하고 소중하다. 해창이는 정희를 품에 안고 제자리에서 몇 바퀴 돌았다. 그러나 상상 속일 뿐. 비록 품에 안지는 못해도 정희가 옆에 있다는 사실만으로도 무한히 기쁘다. 삶이 아름답다.

집에서 수확했다며 정희가 가져다 준 대추와 호두를 채 다 먹기도 전, 소녀에게서 슬픈 소식이 들려 왔다. 평소 말수가 적고 인자하시고 정이 많으신 정희 할머니는 오랫동안 앓던 천식으로 이 산골마을에서 요양을 하고 계셨는데 갑작스레 닥친 추위 때문인지 상태가 악화되어 병원에 실려 가시게 되었다는 것이다. 정희 할아버지가 세상을 떠나가신 지 반 년도 안 된 시점이었다. 부모를 한꺼번에 여의고 또 할아버지를 보내고 슬픔을 다독일 틈도 없이 닥친 할머니의 입원은 정희에게 말할 수 없는 아픔이었다.
정희는 온 정성을 다해 할머니의 회복을 위해 극진히 간병을 했으나, 할머니는 끝내 심해진 천식을 이겨내지 못하시고 유명을 달리하셨다. 그렇게 해맑고 생기발랄했던 정희는 어깨가 축 처지고 얼굴은 핼쑥해졌다. 그런 정희를 바라보는 해창은, 정희가 느낄 하늘이 무너진 듯한 슬픔을 고스란히 함께 느낀다.

할머니의 장례를 치르고 나서 얼마 지나지 않아 정희는 친척 어른들을 따라 대전으로 거처를 옮기게 되었다. 정희가 떠나버린 담장 낮은 집은 텅 비었고, 해창의 마음 역시 텅 비어 버렸다.

함께 즐거운 추억을 만들고 나누던 해창과 정희가 산골마을과 대전으로 갈리어 살게 된 다음 해, 대학에 입학하게 되면서 해창도 산골마을을 떠나 서울로 갔다. 정희는 차츰 대전 생활에 적응하며 안정된 나날을 보내고 있다.

책을 많이 읽어서인지, 감성이 풍부한 어린 시절을 보내서인지, 원래 타고난 재주가 있었는지, 아픈 만큼 성숙한 것인지 몰라도, 정희는 글쓰기에 남다른 재주를 보였고, 교내외 백일장대회에 나갈 때마다 장원을 차지하였다. 천성이 착하고 상냥한 정희는 친구도 많이 사귀고 공부로 열심히 하며 즐겁게 생활하지만, 해창과 함께했던 산골마을에 대한 그리움으로 저린 정희의 마음은 그 무엇으로도 위로를 받지 못한다.

높은 담장에 늘어진 진분홍 장미, 개나리, 등 넝쿨, 그 뒤로 키 큰 호두나무와 대추나무, 그리고 정희가 올망졸망 다양한 꽃들을

황순원문학제 축하공연

가꾸는 앞뜰의 꽃밭이 그 집에 사는 이의 손길을 느끼게 한다. 정희의 집 앞에서는 봄부터 가을까지 온갖 꽃들의 잔치가 벌어진다. 대문 옆에 심긴 나팔꽃은 오고가는 사람들을 마중하고 배웅도 한다. 꽃밭 한쪽에 아담하게 자리 잡은 채소밭은 정희의 산골마을에 대한 그리움, 자연 속에서 해창과 뛰어 놀던 기억에 대한 그리움을 조금이나마 위로하는 곳이 되어 준다. 정희는 소중한 시간에 대한 그리움을 키우며 어느 덧 여고 3학년이 된다.

이른 봄빛 같지 않게 눈부신 햇살에 저절로 실눈을 뜨게 되던 어느 봄날, 정희는 운동장에서 3학년의 첫날을 맞이하였다. 교장선생님은 새로 부임한 교사들을 한 사람씩 호명하며 소개했다. 한 학년 더 진급하게 된 데 대한 흥분과 부담감에 새로운 선생님에 대한 기대감이 섞여 묘한 긴장감으로 듣고 있을 때, 정희는 자신의 귀를 의심할 뻔했다. 영어를 맡으실 이해창 선생님! 이해창? 해창이 오빠라고?

해창은 정희가 있는 학교에 일부러 지원해서 부임하게 되었는데, 정희는 아무것도 모르고 있었던 것이다. 정희가 어디쯤 서 있을까 두리번거리는 해창을 먼발치에서 바라보는 정희는 순간 현기증을 느낄 만큼 하늘을 날 듯한 행복감을 느끼는 한편, 아무 말 없이 이런 식으로 등장을 알게 한 해창에게 야속하다는 생각이 들기도 했다.

그러나 어찌 반가움의 크기가 야속함의 크기를 이길 수 있으랴.

그날부터 정희의 삶은 행복 시작, 그리움 끝이었다. 물론 일부러 정희의 학교에 지원해서 부임한 해창이의 삶도 마찬가지라는 사실은 말할 필요도 없다.

몇 년을 떨어져 지낸 정희와 해창은 산골마을에서 함께 뛰놀며 친남매처럼 지내던 그 시절 그 마음 그대로일까. 문득문득 정희를 품에 안아 주고 싶어 하던 해창의 가슴은 여전히 두근거릴까. 열여덟 살에 품었다 잠재워 둔 열정이 다시 점화될까. 아니면 그저 어린 시절의 아름다운 추억으로만 간직될 뿐일까.

해창은 책 읽기를 좋아하는 정희를 위해 한 권 한 권 재미있는 책을 빌려주고, 정희는 그 책들을 읽어내느라 밤새는 날이 하루 이틀이 아니다. 해창과 정희는 책을 통해 그들만의 새로운 시간을 차곡차곡 쌓아가기 시작했다. 정희에게 따뜻하고 정다운 이해 창 선생님은 다른 여학생들에게도 인기가 많았다. 해창을 짝사랑하는 여학생도 생겼는데, 그 학생은 친구들 앞에서 눈물로 사랑을 고백하기도 했다.

정희는 자기 집 담장을 감싸고 있는 넝쿨 장미를 한 아름 따서 치마폭에 담았다. 비탈진 언덕배기를 오르는 정희는 마냥 신나기만 하다. 언덕 위에 위치한 해창이 기거하는 집을 향하는 길이기 때문이다. 해창의 집에 다다른 후 주변을 조심스레 살핀 정희는 담장 너머 해창의 방 앞에 장미를 한 송이씩 던진다. 꽃이 날아오고

인공소나기 체험

있는 것을 해창이 아는지 모르는지 정희는 상관 않고 던지고 또 던진다. 방문은 닫힌 채 아무 기척이 없다. 정희가 마음으로 보낸 진분홍빛 장미꽃의 손기척은 해창의 방 앞 마룻바닥을 부드러운 속삭임으로 채우고 있을 뿐이다. 정희는 가져간 꽃을 다 던지고는 해창이 언젠가 방문을 열고 보았을 때 자신을 떠올려주기를 바라며 발길을 옮겼다.

꽃향기가 코끝을 스쳤을까. 정희의 마음에서 퍼져나간 속삭임이 닿았을까. 잠에서 깨어난 해창은 알 수 없는 강렬한 열정이 마치 봇물 터지듯 솟아오름을 느끼고 방문을 열어본다. '이게 웬 꽃이지? 어디서 이렇게 많은 장미꽃이? 누가?' 아직 이슬을 머금고 촉촉한 장미꽃을 한 송이 집어든 해창은 오래 생각지 않고 그 꽃을 가져다둔 이가 누구인가를 알 수 있었다. 진분홍 물이 뚝뚝 떨어질 것 같은 꽃잎이 켜켜이 둘려 화려하고 아름다운 자태로 진한 향기를 풍기는 장미는 바로 그녀, 정희가 아닌가.

'해창 오빠가 장미를 보았을까? 내가 던진 걸 알았을까? 장미를 보고 반가웠을까?' 장미꽃을 따느라 여기저기 가시에 찔리고 돌담에 긁혀 상처가 난 정희는 따가움을 느낄 만도 했지만 꽃을 보았을 해창을 생각하며 아픈 줄도 몰랐다. 해창을 만나지 못하고 돌아온 마음이 아쉽지만 그보다 더 큰 사랑에 아쉽지 않을 수 있는 것처럼, 상처가 쓰리지만 쓰리지 않을 수 있었다. 해창 역시 그 많은 꽃을 따다 던져 놓은 정희 생각에 안타깝고 보고 싶은 마음을 행복하게 품을 수 있었다.

해창의 생일이다. 정희는 꽃다발을 만들어 해창을 찾아가서, 볼그레한 장밋빛 볼우물이 살짝 패이게 웃으며 선물과 함께 해창을 생각하며 지은 시가 적힌 카드를 건넨다.

쉼터

오늘이 나를
쉼터로 데려왔습니다.

선물꾸러미가 쌓여 있군요.
평안이도 기쁨이도 찾아왔네요.

맑은 노래 휘파람 소리에
푸른 들판 안은 듯 기쁨이와 달렸죠.

저녁 하늘 향해 평안이와 함께 기도했어요.
오늘이 내게 준 소중한 쉼터.

정희가 지은 시를 읽고 기특하면서도 벅찬 기쁨에 감동된 해창이 정희의 손을 잡으려 한 순간, 수줍음에 겨워 휙 돌아서던 정희가 마룻바닥에서 쭉 미끄러지며 마당으로 떨어졌다. 마당에 아무렇게나 널브러져 있던 나뭇가지들에 찔린 뽀얗고 매끄러운 정희의 다리는 어느새 새빨간 피로 범벅이 되었다.

해창이 다가가 피를 닦아 보았으나 멈출 기미가 보이지 않는다. 상처가 의외로 크다. 일단 붕대로 동여맨 후 정희를 업고 병원으로 달려간다. 해창, 그리고 해창의 등에 업힌 정희, '하나의 큰 꽃묶음'이라 해도 좋을까.

상처가 깊으면 어쩌나 걱정하는 마음, 정희의 체온이 등줄기를 타고 전하는 짜릿한 마음이 교차되며 형언하기 어려운 묘한 기분에 휩싸여 달리는 해창의 마음은 병원이 아닌 어린 시절 뛰놀던 산골 마을로 향하고 있다. 젖은 풀잎 위를 맨발로 달리던 일, 토끼풀을 엮어 만든 목걸이를 걸어 주던 일, 입 밖으로 내지는 않았지만 앞날을 약속하는 마음으로 끼워 준 꽃반지, 꽃이며 나무, 새, 동물들 이름을 번갈아 부르던 놀이, 온몸과 마음 다해 마음껏 웃던 그날들은 사랑이었다.

그날의 그 사랑이 지금 해창의 등에 업혀 있는 것이다. 이 순간은 하늘이 준 선물일까. 해창이 달리고 있는 길가에서 지저귀는 새들도 '정희는 하늘이 준 선물'이라고 노래하는 것 같다. 마냥 귀엽고 사랑스럽고 해맑던 어린 소녀는 처음 만나던 순간부터 지금까지 늘 해창의 마음속에서 살아왔다. 해창은 단 한 번도 정희를 마음밖에 둔 적이 없었다. 훗날 해창의 아름다운 신부가 될 운명으로 예비되었던 것은 아닐까.

해창이 꿈꿔 온 그 생각은 정희가 졸업한 후에 마침내 결실을 맺는다. 모든 교사와 학생들의 뜨거운 축하를 받으며 진정 '하나의 큰 꽃묶음'이 된 것이다.

에필로그

대학교수로 은퇴한 해창은 현재 70세를 훌쩍 넘긴 나이임에도 정희와 함께 '우리는 모두 37세'라는 구호를 외치며, '청년성'을 전하는 사회봉사자로 일하고 있다. 마치 사무엘 울만이 그의 시 〈청춘〉에서 "머리를 높이 들고 희망의 물결을 붙잡는 한, 그대는 여든 살이어도 늘 푸른 청춘이네"라고 말한 것처럼 말이다. 노년까지 이어져 온 소년과 소녀의 발걸음이다. 그들의 삶에 축복이 소나기처럼 쏟아진다.

"살아갈수록 아내가 더 좋아진다"고 자랑하듯 말하는 해창. 그들은 여전히 떼려야 뗄 수 없는 실과 바늘로, 세상 누구보다 더없이 가까운 친구로 살아가면서 그들의 손과 발을 다른 사람들에게 아낌없이 나누어주는 일을 멈추지 않는다. 그들을 따르는 많은 사람들의 연인으로, 존경의 대상으로, 모두와 함께 손을 잡고 걸어가고 있는 그들의 삶은 여전히 진행 중이다.

봄, 여름을 지나 깊은 가을걷이철에 들어서 있는 그들은 오늘도 시어 같은 속삭임을 서로에게 건넨다. '별을 세다 머리가 새었소.' 그들의 사랑이 이처럼 한결같이 아름다운 것은 순수하고 설레는 첫사랑이 이들 관계에 재료가 되어 주어서가 아닐까.

두 개의 닮은꼴, 만남과 헤어짐

「소나기」

채진욱

아주 오랜만에 오래 전 읽었던 황순원 작가의 「소나기」를 다시 읽게 되었다. 이미 책뿐 아니라 드라마로 영화로 그리고 뮤지컬로도 대중 속으로 깊숙이 파고들어 사랑받고 있다.

고향은 사람을 낳고 사람은 고향을 빛낸다고 했다. 지금 작가의 작품 무대에는 황순원문학촌 소나기 마을이 건립되어 청소년들의 교육장으로 활용되고 있다. 그곳엔 이미 그의 대표작 「소나기」 이름을 딴 여러 행사들이 진행 중이다. 또한 「소나기」는 중학생들의 필독 작품이 되었고 소나기 마을은 문학 기행 장소로도 각광을 받으며 지역 관광 사업에도 도움을 주고 있다. 외딴 마을의 시골 소년과 그곳으로 이사 온 도시 소녀와의 짧은 만남과 이별의 이야기가 이토록 각광을 받는 매력 포인트는 무엇일까? 누구에게나 사춘기에 있을 법한 순수했던 시절의 기억 꼭꼭 숨겨놓았던 빛바랜 옛날 사진에 생기를 불어넣어 주기 때문은 아닐까? 혹은 간결하고 서정적인 문장으로 엮어낸 절절한 이별에 카타르시스를 느끼기 때문일 수도 있다. 마치 나처럼.

나는 십대 초에 한국 전쟁을 겪었고 아버지의 먼 친척이 사는 피난지 제주도로 보내졌다. 그리고 바람 많은 제주도에서 종일 철석이는 파도 소리를 들었다. 그 바다의 이야기는 여태껏 아무에게도 말한 적이 없는 나만의 비밀이다.

내가 만났던 소년의 이야기도 입 밖에 내보낸 적이 없다. 피난 와서 나는 그곳 기존 학교의 얕은 뒷동산에 임시로 지은 피난민을 위한 천막 학교에서 공부를 했다. 수업이 끝나 즐겨 찾던 바다는 집에서 아주 가까워 쉽게 갈 수 있었다. 바닷가에는 파도에 씻겨 매끈해진, 검은 돌구멍이 숭숭한 크고 작은 돌이 해변가를 덮었고, 그 중에서 가장 크고 넓적한 돌은 의자처럼 편안해서 전속 자리로 자리 잡았다. 그곳에 앉아 먼 수평선 너머의 떠나온 집을 그리워했고 바다에 지는 해가 하늘과 바다를 빨갛게 물들이는 일몰의 광경을 넋을 잃고 바라보곤 했다. 즐거웠다.

때로는 무섭게 밀려오는 파도가 무섭기도 했지만 섬에 갇혀 출구를 잃은 답답한 마음을 위로해주었다. 바다에 밀물과 썰물이 있다는 것도 그때 알았다. 제주도에는 바람과 돌이 많다더니 정말 그랬다. 그 무렵 나만이 바다를 사랑한 건 아니었다.

한 소년이 내 주위를 맴도는 것을 느꼈다. 유난히 고운 피부에 붉은 볼 젖은 듯한 눈을 가진 소년은 늘 혼자서 바닷가를 서성거렸다. 거친 파도가 사람들의 접근을 막는 날에도 그는 바다를 찾았다. 자주 마주쳤으나 우리는 짐짓 서로를 의식하지 않은 척 먼 수평선을 응시할 뿐 일부러 눈길조차 마주치지 않으려고 서로를 외면했던 것 같다. 그러나 그가 안 보이는 날엔 서운했고 골목어귀를 훔쳐보며 속으로 간절히 잘생긴 소년의 등장을 고대했다. 불쑥 그가 나타나면 속마음을 들킨 것처럼 당황했던 기억이 난다.

바다에는 물때라는 게 있다. 바닷물이 멀리 빠져 나가면 사람들이 조개를 잡으러 밀물처럼 쏟아져 나온다. 군중 속에서 소년을 부르는 소리가 났다. 그는 급하게 내게 달려와 내일 이 자리에서 만나자는 엉뚱한 제안을 하고 손가락으로 약속의 표시를 하더니 황급히 사라졌다.

묘한 긴장감으로 나는 한참을 혼자 바닷가에 남아서 생각에 골몰했다. 바다를 잃어버리게 되는 게 아닐까 염려되었다. '절대로 바다를 포기할 순 없지'라고 곱씹으며 내심 볼 붉은 소년도 바다도 포기할 수도 없다는 것을 알았다. 유난히 곱던 그날의 해넘이를 늦도록 바라보았다.

난 아직도 기억한다. 하늘과 바다가 한 빛으로 불탔던 날의 그의 수줍은 제안을. 이름도 모르고 어디에 사는지도 모르는데 그를 만나야 하나, 이런 저런 생각에 잠은 설쳤다. 아마도 내심 그가 말을

◉ 소나기마을 설경

걸어오기를 기다렸었나 보다. 그게, 사랑? 사랑이란 것은 그렇게 무심한 말 한마디로 정의 지울 순 없겠지. 그러나 그 한마디의 파괴력은 대단했다. 꿈속에도 그는 나타났고 생시 같은 긴장감이 팽팽했던 걸 잊지 못한다. 아무 말도 못했던 것도.

소설 「소나기」 속의 소녀는 소년을 향해 조약돌을 던지며 '바보'라고 소리 지르며 갈밭 사이로 사라진다. 당황한 소년은 소녀의 뒷모습이 사라질 때까지 응시한다. 징검다리에서 만나 조약돌 던지며 바보라고 소리치며 도망간 소녀의 속마음을 소년은 어떻게 받아들였을까? 그 후 들길 따라 걸으며 소년은 들꽃을 따다 소녀에게 건넨다. 분홍 스웨터에 남색 치마를 입고 꽃 한 묶음 손에 쥔 소녀의 모습이 소년은 마치 커다란 꽃묶음 같다고 생각하며 어지러움을 느낀다. 그 어지러움이 사랑이 아닐까? 풋사랑은 이렇게 순수하고 아름다우며 어지러운 것이 아닐까? 어느 누가 큰 꽃묶음을 사랑하지 않을 수 있을까? 하늘에 먹장구름 한 조각이 나타나더니 소나기를 몰고 왔고 비를 피하는 과정의 묘사는 매우 서정적이며 인상적이다. 둘은 힘껏 소나기를 피하려고 뛰었다. 오두막에서도 비를 피할 수 없어 수숫단에서 비를 피한다. 비에 젖은 소년의 몸 냄새가 소녀를 자극했을 것을 소설 속에선 우회적으로 표현하고 있다.

둘을 가깝게 이어 주었던 소나기는 얄궂은 매개체가 되어버렸다. 다만 소년의 등에 업혔던 기다림 끝 찰나의 행복은 소녀에겐 피할 수 없는 병을 안겨주었다. 얼마 후 징검다리에 다시 나타난 소녀는 소나기를 맞던 날이 즐거웠다고 고백한다. 둘의 마지막 만남이었다. 소년은 다시 만날 것을 약속 못한 것을 후회했지만 모든 것은 끝났다. 이미 소녀는 다시는 못 만날 것을 예감하고 마지막 말을 하기 위해 아픈 데도 불구하고 나왔나 보다. 대추 한 주먹을 건네고 돌아갔다. 소녀의 잠깐의 행복은 생명과의 맞바꿈이 되어 버렸다. 소년은 어쩌라고. 다시 못 올 그 길을 이별의 말도 없이 떠나 버리다니. 그래서 나는 슬펐나 보다. 잠깐의 소나기처럼 너무나 짧은 그들의 만남에 가슴이 절절했나 보다.

다시 내 어린 날 이야기로 돌아간다. 다음 날 바닷가 나의 전속 자리에서 혼자 제안하고 황급히 떠났던 그를 만났다. 밤새 생각해서인지 갑자기 가깝게 느껴졌으나 짐짓 태연하게 그를 기다린 게 아닌 척했다. 그러나 이상한 사고의 전환, 마치 오래 사귄 친구를 만난 듯 반가웠다.

비로소 그날 자기는 일본에서 왔으며 몸이 아파 친가가 있는 공기 좋은 이곳에 휴양차 왔다는 것과 친구가 없어 심심하며 시간이 더디 가서 지루하였으나 지금은 바다가 친구가 되었다는 것, 그 밖에도 많은 이야기를 했으나 나는 거의 듣지 않았다. 다만 그의 친밀한 목소리는 울림이었다. 다니던 학교에 돌아가야 하기 때문에 부모에게로 곧 돌아가야 한다는 이야기는 나를 슬프게 했다. 겨우 어디가 얼마나 아팠는가 물었던 것 같다.

나도 내 이야기를 했다. 전쟁이 나자 아버지는 아들만 데리고 일본에 갔고 딸들은 제주도 친척 집에 맡겨서 아버지가 밉다고 두서없이 말했다. 우리는 부모 이야기를 하면서 일맥의 공통점을 발견했다. 아버지도 일본에서 사업하신 분이라 우리는 서로 이해하는 부분도 많았다.

두 번째의 제안을 했다. 저 등대 있는 곳까지 가보자고 했다. 길이 수월하지 않은 돌길인데 과감히 우리는 나섰다. 미끄러운 돌길을 따라 등대를 향하여. 좋은 기억은 없다. 마냥 설레고 두근거렸던 기억 뿐, 미끄러워 넘어질 듯해도 가까이에 있는 그를 잡지도 못했고 그도 나를 잡아줄 용기가 없었다. 차 한 잔 마셔보지도 않았지만 그다음 날도 또 그다음 날도 계속해서 약속이나 한 듯 만났고 차츰 자연스럽게 뛰던 가슴은 평정을 찾았다. 우리는 만나면 등대를 향해 걸었다. 그러다 지치면 어두워지기 전에 헤어졌다. 어쩌다 늦어지면 별들이 길을 밝혀주었다. 이름을 불러보지도 않았지만 급속히 친해진 것 같다. 도시의 하늘에선 보지 못했던 많은 별을 바라보며 남 몰래 소원을 빌었던 기억도 난다.

소설 속의 소녀를 업어주던 소년과는 닮은 듯 사뭇 달랐다. 몇 차례나 등대까지 갔으나 나는 그의 이름도 모른다. 이름 가운데 원자가 있다는 것은 바닷가에서 그를 부르던 것을 들어서이지 그도 나도 이름을 묻지도 알려고도 하지 않았다. 제주도의 날씨는 예측하기 힘들다. 태풍이 몰아왔다. 성난 파도는 길 넘어 있는 집들을 덮치고 돌담이 무너지곤 했다. 바다로 가는 길은 차단되었고 성난 파도에 휩쓸려 희생당한 사람도 발생했으므로 차단은 더욱 엄격해졌다. 바람은 폭우를 동반했고 학교도 휴교령을 내렸으니 만날 길이 없었다.

그 후로 나는 다시는 그를 만날 수 없었고 그런 결말이 오리라곤 예측 못했기 때문에 나는 쉽사리 무너져버렸다. 남몰래 울기도 했다. 그와 함께 앉았던 자리에서 혼자 바라보는 바다는 묵직한 슬픔만 안겨주었다. 바다는 더 넓게 느껴졌고 시간은 더욱 더디 흘렀다. 한마디 말도 없이 소년은 부모 따라 돌아가버렸다. 내가 신기루를 본 것일까? 심한 배신감을 느꼈다. 그러나 보다 더 큰 그리움이 몰려왔다. 언제 그가 나를 좋아한다 말한 적이 있던가. 말 안 해도 우리는 느낌으로 서로의 마음을 느낌으로 알지 않았을까? 이미 우리는 의심 없이 서로의 믿음에 익숙해 있었다. 나중에 안 사실은 떠나기 전 그가 우리 집 주위를 배회하는 것을 동생이 몇 번 보았다고 했다. 아무도 모르는 비밀이었는데 민망했다.

그 후 그가 마을에서 가장 큰 기와집에서 살았다는 것과 그의 부모가 성공한 재일 교포 사업가이며 원 아무개는 그 집의 유일한 후손이란 사실을 주위들어 알게 되었다. 흡사 소설 속의 소년이 소녀의 죽음을 의도치 않게 듣게 되는 상황과 다를 게 없다.

소년은 소녀에게 주려던 호두를 주머니 속에 넣어 만지작거리며 끝내 전해주지 못한 아쉬움에 사로잡힌다. 볼 붉은 소년은 떠났고 나의 손에도 전하지 못한 수십 개의 호두가 남아있다. 만약 그가 있는 곳을 안다면 일본도 갈 수 있다. 아프리카인들 못 가랴! 특별히 할 말은 없으나 내가 풀지 못한 그 해 여름의 짧았던 만남, 수수께끼 같은 내 눈물의 의미를 알고 싶다. 아쉬운 어린 날의 상처 같은 추억의 퍼즐을 맞추고 싶다.

지금 쓴다 해도 「소나기」는 슬픈 결말일 수밖에 없다.

죽음에 대한 항거와 삶에의 도전

「너와 나만의 시간」

정정숙

북한군의 남침

1950년 6월 25일 새벽 4시 북한군이 남한을 적화통일 하겠다고 무력으로 쳐들어 왔다. 남한은 전쟁에 대비하지 못한 채 북한군에게 서울을 3일 만에 빼앗기고 낙동강까지 후퇴했다.

남한은 미국을 중심으로 국제연합 16개국이 한국전쟁에 참여했다. 국제연합군의 합세로 다시 공격을 시작하고 인천상륙작전으로 북한군을 압록강까지 몰아냈지만 중공군의 개입으로 다시 후퇴해 전선은 지금의 휴전선에서 고착된다. 수많은 인명피해를 남긴 채 1953년 7월 27일 휴전 협정이 체결되었다. 한반도는 허리가 잘려 남과 북이 되었다.

나는 일제 감정기를 겪었고 한국전쟁도 겪었다. 초등학교 5학년 때 한국전쟁이 일어났다. 어린나이에 들었던 박격포 소리는 아직도 잊히지 않는다. 그 이상야릇하고 기분 나쁜 소리….

전쟁이 끝난 후 상이군경들의 험악한 모습들을 많이 봤다. 전쟁에서 얻은 불구의 몸으로 여러 곳에서 보상받고 싶은 행패들이 자주 눈에 들어왔다. 비참한 현실 앞에 성한 몸의 사람도 불구의 몸을 가진 사람들도 전쟁 후의 잿더미 속에서 발버둥치며 살아왔다.

지금 우리나라는 전쟁의 상처를 딛고 눈부신 경제발전으로 부강한 경제대국에 든다는 소리를 듣는다. 죽음에 대항하며 인간의 존엄성을 다시 생각한다.

너와 나만의 시간

황순원 작가가 1958년 10월 현대문학에 발표한 「너와 나만의 시간」을 열어본다. 작가 황순원 「너와 나만의 시간」 작품을 통해 극한 상황에 처한 세 사람의 패주병사의 탈주 과정에서 겪는 마음의 갈등과 인간의 심리적인 것을 나타낸다. 패주 세 사람 주 대위, 현 중위, 김 일등병 아군의 진지에서 이탈된 체 길을 잃고 남으로 남으로 걷고 있다. 산속에는 아무것도 움직이는 게 없다. 바람도 없었다고 하니 산은 그대로 죽음만 기다리는 꽉 막힌 공간이다.

주 대위의 몸은 양쪽에서 부축을 받고도 자꾸만 아래로 늘어지기 시작했다. 허벅지에 관통상을 입고 있는 것이다. 오늘 아침부터는 그것이 부패작용이라도 일으켰는지 마구 저리고 쑤셔댔다.

방향을 잡지 못하고 무턱대고 걷는 패주 세 사람은 삶에 대한 위기감을 일으킨다. 주 대위는 현 중위와 김 일등병에게 자기를 남겨 놓고 떠나라고 말을 못한다. 혼자 남겨진다는 것은 죽음을 뜻하는 의미다. 김 일등병이 업자고 했을 때 주 대위는 잠자코 업히었다. 올해 19살의 농촌출신이라 업고 걷는 거리도 상당했다. 현 중위가 대번해서 업을 차례가 되었다.

현 중위는 주 대위를 업기 전 주 대위가 갖고 있는 권총을 봤다. 주 대위는 그런 현 중위의 눈치를 알아 차렸다. 상사인 자기를 두고 차마 떠나지 못하는 두 사람은 눈치 있게 자결할 것을 기다리고 있는 것이다. 주 대위는 현 중위 등에 업혔을 때 서로 미끈거리는 촉감에서 자신이 살아 있다는 느낌을 느낀다.

주 대위는 죽음에 순종하지 않고 맞서 버티고 대항하면서 생명을 지키게 되는 인도주의를 보여주고 있다.

주 대위를 다시 바꿔 업은 현 중위는 그젯밤 적의 꽹과리와 날라리 소리를 듣기 전 잠속에서 꿈을 꾸었던 것이다.
누렇게 뜬 하늘 한 복판에 황달 든 태양이 타고 있었다. 바로 눈앞에 풀썩거리는 흙바닥에 개미구멍이 하나 나있었다. 개미구멍으로는 언제부터인지 흙빛과 같은 누런 개미떼가 연달아 기어 나오고 있었다. 같은 빛깔을 한 커다란 왕개미 한 마리가 구멍입구에 서서 조그만 개미들을 나오는 족족 주둥이로 목을 잘라버리는 것이었다.

누렇게 뜬 하늘, 황달 든 태양, 왕개미에 잡혀 먹힌 개미의 시체를 꿈속에서 본 것은 희망이 보이지 않은 죽음의 세계를 상징한다. 여러 말이 필요치 않은 패주 세 사람의 상황이라고 보면 틀림없는 정답이다(개미는 허약한 성격과 무기력한 존재를 표상한다. 또한 불운과 호의가 없음을 상징하기도 한다). 꿈속에서 인간존재가 개미로 비유되고 가해자는 왕개미 개미구멍은 군대, 황야는 죽음으로 상징된다.

현 중위는 자기 등을 짓누르고 있는 주 대위의 중량을 자꾸만 느꼈다. 주 대위 자신이 어서 삶에 대한 미련을 단념해버리면 되는 것이다. 현 중위, 자신이 살기 위해서는 상사인 주 대위의 존재가치가 필요치 않음을 생각한다.
한 닷새 전, 오래간만에 사랑하는 사람으로부터 받은 편지를 그는 생각했다. 사랑하는 사람의 촉감으로 그녀의 눈길을 따라 걷는 동안 잠시나마 마음의 평온이 찾아왔다. 남녀의 사랑은 힘과 용기를 얻게 한다.

어느 능선굽이에 이르러서 김 일등병이 주 대위를 업을 차례였다. 그들은 단 몇 걸음의 단축이라도 원하고 있었다. 어느 길을 택하느냐에 현 중위와 김 일등병의 의견이 엇갈렸다.

"현 중위, 김 일등병의 말대로 하지" 주 대위가 한마디 했다. 퍼뜩 현 중위의 눈이 주 대위의 허리에 매달려 있는 권총으로 갔다. 해거름 때 세 사람은 구렁이 한 마리를 잡아 구워 나눠 먹었다. 다 먹고 난 현 중위가 뒤라도 마려운 듯이 자리를 떴다.

현 중위는 호시탐탐 상관인 주 대위의 행동을 주의 깊게 본다. 상사지만 현 중위는 자신에게 큰 짐이라고 여긴다. 주 대위만 없으면 금세라도 현 중위 자신이 고통에서 벗어날 것만 같은 생각뿐이었다.

주 대위는 현 중위가 떠나자 김 일등병에게 "자네도 여길 떠나게"라고 말했다. "현 중위 갔어, 내가 자살하길 기다리다 못해 떠났어."
현 중위는 돌아오지 않았다. 어린 김 일등병은 잠시 주춤거리다가 주 대위에게 등을 돌려댔다.

아직 부모 품이 그리운 어린 청년이지만 지금 상황에서 생각하는 마음은 끝까지 부상당한 상관 주 대위를 돌보며 자신도 보호받고 있음을 깨닫는다. 주 대위는 떠난 현 중위를 원망하면서도 그가 아군진지를 찾아 구원병이라도 보내줬으면 하는 바람이었다.
배신은 아픔을 기대감인 희망으로 생각하는 주 대위, 죽음의 공간속에 있지만 무의식적으로 살고 싶은 생각을 표출한다.

이 모든 상황을 누구에게라도 없이 대들어 따져보고 싶은 심정이었다. 그러나 그가 있는 자리엔 두꺼운 어둠뿐이었다. 마침내 그도 잠속으로 등을 눕혔다.

날이 밝았다. 어제보다도 쉬는 도수가 잦아갔다. 주 대위는 현 중위가 택한 일을 원망하지 않았다. 상사로서 부하의 행동에 너그럽게 포용하고 있었다. 어느 때쯤 능선을 돌아가니까 앞에 까마귀 한 마리가 펄럭하고 날아왔다. 깎은 듯한 낭떠러지가 가로놓여 있는 것이었다. 김 일등병은 무심코 아래를 내려다보았다. 사람의 시체를 까마귀 두세 마리가 쪼고 있었다. 현 중위의 시체라는 걸 알 수 있었다.

현 중위의 시체를 본 주 대위와 김 일등병은 마지막 남았던 기운마저 빠져버렸다. 김 일등병은 쓰러지듯 누워 버렸다. 혼곤히 잠 속에 끌려갔던 김 일등병은 주 대위가 부르는 소리에 눈을 떴다. 주 대위가 누운 채 쇠잔한 목 안의 소리로

"폿소릴세."

김 일등병이 정신을 차려 귀를 기울였다.

"어느 편 폽니까?"

"아군의 포야 백 오십오 미리의….”

바로 그 순간 주 대위에게 폿소리 속에 담긴 또 하나의 소리가 들려왔다. 주 대위는 다시 삶의 끈을 붙잡는다. 주 대위의 귀에 들려온 소리는 분명 개 짖는 소리였다. 처음 들을 때는 그도 의심스러운 듯이 귀를 기울이고 있다가

"저 소리가 무슨 소리지?"

김 일등병은 듣지 못한 소리다. 개 짖는 소리란 말에 김 일등병

은 지친 몸을 벌떡 일으켰다. 개 짖는 소리가 들린다면 그리 멀지 않은 곳에 인가가 있음에 틀림없었다. 김 일등병에게는 아무 소리도 들리지 않았다. 주 대위는 김 일등병에게 무엇인가 주고 싶었다. 그리고 그것을 자기 자신도 받고 싶었다. 김 일등병이 모든 것을 포기하고 까마귀 떼의 밥이 되리라 생각했을 때 주 대위의 권총이 김 일등병의 귓전에 닿았다.

"날 업어. 앞으로, 왼쪽으로, 오른쪽으로, 앞으로."

귀에 총이 겨눈 상태에서 김 일등병은 주 대위의 명령대로 움직였다. 김 일등병에게도 개 짖는 소리가 들릴 때 주 대위의 권총 끝이 물러나면서 주 대위의 몸이 바닥으로 내려앉았다.

주 대위의 삶과 죽음의 갈림길을 헤쳐 나가는 힘과 생명 존엄의식이 이 소설을 처음부터 끝까지 끌고 나갔다고 생각한다. 결코 전쟁은 없어야 하지 않을까?

패주 세 사람의 심리적인 갈등과 서로간의 인간적인 사상과 극한 상황에 처한 각자의 해결 방안이 드러난 작품이다.

펜을 놓고 나니 머리가 아프다. 5월 철쭉이 한창이다. 탈 탈 탈 탈 소리 나는 쪽으로 고개를 치켜든다. 맑은 하늘에 군용 헬기 한 대가 휴전선 쪽으로 날고 있다. 여기는 휴전선이 가까운 포천 산 중턱이다.

유리벽 과거로부터 탈출의 몸부림

「온기 있는 파편」

홍온자

경무대 앞 바리게이트 넘어 총구가 이쪽을 겨누고 있었으나 준오는 겁날 것이 없었다. 대열은 움직였고 이 장벽만 무너뜨리면 되는 것이다. 순간 이리 향해진 총 부리에서 불이 뿜어짐과 동시에 준오는 꽉 짜인 스크럼에서 벗어나 개인으로 돌아가 있었던 것이다. 서로 한 몸 같이 어깨를 꽉 끼고 있던 왼쪽 친구가 팔을 탁 풀며 꼬꾸라진 순간, 오른쪽 친구의 팔마저 풀어버린 준오는 허겁지겁 빠져 나오고 있었다. 누가 추격해오는 것만 같아 닥치는 대로 어느 한 집으로 들어가 숨고 말았다.

준오는 그래도 용하게 자기가 총에 맞지 않았다는 희열과 안도감에 잠겨 갔다. 그러면서 고비가 지나갈 때까지 하숙방에 꾹 들어박혀 있으리라 했다.

주위가 조용해진 뒤에 나와 뒷골목만 골라잡아 서울역까지 와

서였다. 퇴계로로 건너 좀 가는데 별안간 뒤에서 총소리가 들려 왔다. 오른쪽 다리를 세차게 때려, 준오는 몸을 일으키려다 모로 쓰러지고 말았다. 손에 끈끈한 액체가 만져지며 오금이 떨려 다시는 일어날 염두 못했다.

누군가 이리로 달려왔다. 여자는 총소리가 다시 들렸으나 달려오던 걸음을 멈추지 않았다. 그네는 준오를 부축해 일으켰다. 총소리와 함께 탁탁 길바닥이 패였다. 위에서 내리 쏘는 총질이었다. 여자는 준오를 병원에 데려다놓고 돌아간 뒤 다시는 나타나지 않았다.

퇴원하는 날 준오는 그 여자를 찾아 나섰다. 기억을 더듬어 천천히 걸었다. 역전 세브란스 병원에서 남대문 쪽으로 조금 가다 오른편 뚫린 골목으로 들어섰다. 장삿집, 여염집 할 것 없이 거의 전부가 판잣집이었다. 준오는 그중 한 판잣집으로 다가갔다. 그날 여자가 자기를 부축해 들어와 걸음을 멈추었던 집이었다. 다가선 판잣집 앞에서 준오는 자기가 찾아온 집이 분명한가 둘러보고는 주인을 불렀다. 아무 기척이 없다. 돌아서다 저만큼에서 목판 장사 아주머니와 눈이 마주 쳤다. 그네가 준오에게 고개를 좌우로 흔들어 보였다. 이따 날이 어둡거든 와보라는 것이다.

병원에 누워 있는 동안 준오는 신문에서 4 · 19의 영웅이니, 성난 젊은 사자들이니 하는 활자가 눈에 띌 때마다 그것에서 시선을 피했고 위문하는 사람이 오면 줄곧 눈을 감고 있었다. 그러는 그의 눈앞에 간단없이 눈에 뵈는 건 총알 속을 마구 달려오던 여자의 모습이었다. 그 위로 데모에서 빠져나와 떨고 있던 자신의 얼굴이 겹쳐졌다. 겨우 단체 속에서나 맥을 쓰던 자기. 그러면서도 총알 속을 달려오는 여자를 보았을 때 그네의 위험보다, 속히 와서 구해주기만 바랐었지. 그럴 수 없는 거다.

가끔 준오는 꿈속에서도 가위에 눌리기도 했다. 그가 여자를 만나려는 건 감사했다는 인사도 인사지만, 그네를 만남으로써, 자신이 서지 않는, 요즘의 생활에 어떤 돌파구라도 찾을 수 있을까 해서였다.

날이 어두운 뒤 찾아간 여자의 집은 깜깜했다. 주인들이 아직 돌아오지 않은 것 같다. 언제나 저 집 쥔들은 늦게 돌아오느냐고 물었더니, 그냥 좀 더 기다려보라는 것이다.

이윽고 목판 장수 아주머니가 고개 짓하여 돌아보니, 깜깜하던 그 집 지게 문 틈으로 불빛이 새어 나오고 있었다. 좀 만에 문이 열리며 웬 사내가 구두를 밖에 내놓고, 신고는 퇴계로 한쪽으로 가버리는 것이었다. 준오는 아까부터 이 골목안 분위기가 이상하여 혹시나 했더니 이 집도 예외는 아닌 성 싶었다.

한 여자가 고무신을 밖에 내놓고 저고리 앞섶을 여미며 나왔다. 준오는 가슴을 두근거리며 다가갔다. 틀림없는 그 여자였다.

준오는 잠시 머뭇거리다가 "오늘 퇴원했습니다" 했다. 그리고 더듬거리며 "저 고맙다는 인사라도 해야겠길래"라고 했다.

"인사는 무슨…."

"그리구 저, 애기 할 것도 있구…."

"무슨 애긴데요? 하여튼 들어오세요."

"아뇨, 낼 다시 오죠. 그런데, 저 문 잠그지 마세요."

여전히 문이 안으로 잠겨 있었다. 문을 잡아 흔들었다. 판잣집 전체가 흔들리고 울렸다. 한참만에야 여자의 얼굴이 나타났다. 들어오라는 몸짓을 했다. 여자가, 벗어놓은 준오의 구두에 눈을 주는 것을 보고 준오 편에서 집어 문안에 들여놓았다. 여자가 준오 쪽을 보며 말을 재촉하는 빛이다.

"이제 상처는 아주 말짱해요?"

여자가 먼저 입을 열었다.

"네."

"다행이네요."

"그때 그대로 내버려뒀으면 죽었을는지 모릅니다."

그러나 준오가 하고자 하는 말은 딴 것이었다.

"어쩔려고 그땐 총알이 막 날라 오는데 그렇게…."

"글쎄요. 나도 총에 한번 맞아보고 싶었는지 모르죠."

"어째서요? 살기 싫어신가요?"

"피차 남의 일에 상관하지 맙시다. 저번 일은 저번 일루 끝났으

182

니까요."

그런데 어느 날이었다. 그날은 가니까 여자가 술에 취해 있었다. 옷을 주섬주섬 주워 입고 밖으로 나가 좀 만에 순댓국 두 그릇을 쟁반에 놓아 가지고 돌아왔다. 보기는 했어도 준오로서는 처음 먹어보는 음식이었다.

"귀한 집 아드님이라 구미에 안 맞으시나보군요. 빨리 가셔서 수란이나 드시죠." 하고 풀린 눈으로 못 마땅한 듯 준오를 바라보는 것이었다.

"뭣 때문에 와선 그러구 앉았다만 가는 거예요? 남 잠만 못 자게 스리…."

그네는 국물을 마시고 나서,

"그 혼자 신선한 체 하는 얼굴 하구서 자꾸 올 필요 없잖아요? 내 뭐 당신을 친구 삼으려는 줄 알아요? 그놈의 데모 땜에 날마다 허탕을 치다가 그날은 낮부터 손님을 끌려 나갔던 거예요. 그래서 걸린 게 당신이란 말이에요. 그렇게 심한 상처인 줄은 미처 모르구…."

준오는 그 집을 어떻게 빠져나왔는지 몰랐다. 데모 때와 달리, 사지가 아니라 가슴이 떨렸다. 그것은 자기 생활과는 너무나 먼 것이었다.

학교에서 준오는 친구들이 4·19부상자니, 영웅이니 하는 말을 들을 때마다, 엉뚱한데서 유탄 맞은 것을 털어놓지 못하는 자신을 어찌할 수 없었다.

그 여자를 다시 찾아가는 것도 포기해버렸다. 그러던 어느 날, 그 여자에게 주려고 부모에게 부탁했던 선물. 옷감이 소포로 이제 야 왔다. 그는 이 물건만 가져다주기로 했다.

오래간만에 골목 안 여자 집 판자 집께로 가는데 목판장수 아주 머니가 불려 세우는 것이었다. 나직한 말로 "감악소에 가 있던 남 편이 돌아 왔어요." 하는 것이다. 물론 남편이 나타났다고 마음이 꿀릴 일은 없었다. 준오는 가지고 온 물건을 목판 장수 아주머니더 러 전해달라고 부탁하고는 돌아섰다.

골목을 다 나와 길을 건너가 버스를 기다리는데

"나 저 집 사람이오."

남자 하나가 헐레벌떡 준오 옆에 섰다. 삼십이 퍽 넘어 보였다.

"그때 학생을 구해준 여자의 남편 되는 사람이오."

준오가 무어라고 말할 사이도 주지 않고,

"선물 고맙소. 그런데 한 가지 부탁이 있소. 내가 여기 없는 동 안은 학생이 우리 여편넬 좀 도와주오. 거저 도와달라는 게 아니 오. 우리 여편네 단골손님이 돼달라는 거요. 그게 데모보담 우리에 게 도움이 되니까, 참. 학생, 지금 돈 가진 것 없소? 나 없는 동안 외상값이 밀려놔서…."

준오는 돈을 몽땅 털어 남자에게 내주었다.

그런데 며칠 후, 준오는 뜻하지 않았던 곳에서 이 남자를 다시 만나게 된다. 머리를 깎고 이발소에서 나오는데 한 길 건너 쪽에서 돌연, 도둑이야, 하는 소리가 솟았다. 뒤이어 한 사내가 지나가는 자동차를 잽싸게 피하여 이쪽으로 달려 건너왔다.

그 사내였던 것이다. 사내도 준오를 알아본 듯 씩 웃었다.

도둑놈 잡아랏 소리를 연발하며, 지나가는 자동차에 막혀 허둥지둥 늦게사 쫓아온 장대한 중년신사가 길을 다 건너왔을 즈음에야, 준오 앞에 서 있던 그 사내는 후딱 몸을 돌려 옆 골목 안으로 내빼기 시작하는 것이었다. 준오는 가슴이 부들부들 떨려 견딜 수 없었다.

그러던 준오는 흠칫 뒤로 비틀거렸다. 중년 신사의 완강한 손이 멱살을 감아쥐고 있었다.

"이 새끼 너 한패지? 가자!"

"아니, 이분이 사람을…. 난 아무 상관두 없는 사람인데요."

"요 새끼가, 금방 내 눈으로 봤는데두… 잔소리 말고 가자!"

"이거 놓으래두요."

멱살을 바투 잡힌 데다가 손이 떨려 목소리가 제대로 돼 나오지 않았다. 말로는 통할 것 같지 않았다. 억울했다. 준오는 발을 땅에 버티고 몸을 뒤로 채면서 마구 주먹을 휘둘러 댔다. 상대방의 배를 냅다 찾다. 그리고는 흩어지는 사람들 틈새를 뚫고 있는 힘을 다해 내달리기 시작했다.

오래간만에 전신에 어떤 탄력 같은 것을 준오는 느꼈다.

부산에서 상경한 대학생 준오, 윤락녀, 윤락녀 남편. 이 세 사람이 4·19 데모에 얽힌 이야기다. 대학생 준오는 재빨리 거기서 박차고 나와 일상으로 돌아간다.

내가 대학 1학년 때 4·19가 일어나, 꼭 60여 년 지난 지금도 생생히 당시 기억이 떠오른다. 60년 전 윤락녀 생활과 북한에서부터 간간히 들려오는 꽃제비 생활이 별반 다르지 않음에 가슴이 멘다. 60년 동안 비약적 경제 성장에 감사하는 마음 한쪽엔, 지금도 어쩔 수 없는 가난에 윤락녀 생활을 택할 수밖에 없는 세계 곳곳의 전쟁고아와 여자들 참상은 현재 진행형이고 앞으로도 이어질 세상살이가 아닐까.

준오가 데모 저지대가 아닌, 하숙집 찾아들다가 총탄 맞은 자기를 구해준 윤락녀의 집을 몇 번이고 찾아간 것은 4·19 영웅으로 미화되는 부담감과 행동하지 못한 뉘우침에 시달리다 하나의 돌파구를 찾아보는 시도일 수도 있다.

자신을 도둑의 한패로 몰아 경찰서로 끌고 가는 중년 신사를 후려치고 달아나면서 '오랜만에 탄력 같은 것을 느끼는 것'처럼, 우리가 알면서도 행동으로 옮기지 못하고 달아나는, 유리벽과 같은 괴리는 항상 있고, 따라서 우리는 후회하기도, 괴로워하기도 하는 것이 아닐까? 우리도 순간적으로 준오가 될 수밖에 없는 일상 속에 살고 있기 때문이다.

3부

황순원 소설론

순수와 절제의 미학

황순원의 삶과 문학

김종회(문학평론가)

1. 순수성과 완결성의 미학, 그 소설적 발현

오랫동안 글을 써온 작가라고 해서 반드시 훌륭한 작품을 남기는 것은 아니다. 그러나 작품의 제작에 지속적 시간이 공여된 문학은 그렇지 않은 경우에 비추어 더 넓고 깊은 세계를 이룰 가능성을 갖고 있다. 해방 50년을 넘긴 우리 문단에 명멸한 많은 작가들이 있었지만, 평생을 문학과 함께해왔고 그 결과로 노년에 이른 원숙한 세계관을 작품으로 형상화할 시간적 간격을 획득한 작가는 그리 많지 않았다.

황순원이 우리에게 소중한 작가인 것은 시대적 난류 속에서 흔들림 없이 온전한 문학의 자리를 지키면서 일정한 수준 이상의 순수한 문학성을 가꾸어왔고, 그러한 세월의 경과 또는 중량이 작품

속에서 느껴지고 있다는 점과 긴밀한 상관이 있다. 장편소설로 만조滿潮를 이룬 황순원의 문학을 거슬러 올라가 보면, 시에서 출발하여 단편소설의 세계를 거쳐 온 확대 변화의 과정을 볼 수 있다. 그의 소설 가운데 움직이고 있는 인물들이나 구성 기법 및 주제 의식도 작품 활동의 후기로 오면서 점차 다각화, 다변화되는 경향을 보인다.

여러 주인공의 등장, 그물망처럼 얼기설기한 이야기의 진행, 세계를 바라보는 다원적인 시각과 인식 등이 그에 대한 증빙이 될 수 있겠다. 그러나 그 다각화는 견고한 조직성을 동반하고 있으며, 작품 내부의 여러 요소들이 직조물의 정교한 이음매처럼 짜여서 한 편의 소설을 생산하는 데 이른다.

이러한 창작 방법의 변화는 한 단면으로 전체의 면모를 제시하는 제유법적 기교로부터 전면적인 작품의 의미망을 통하여 삶의 진실을 부각시키는 총체적 안목에 도달하는 과정을 드러낸다. 단편 문학에서 장편 문학을 향하여 나아가는 이러한 독특한 경향이 한 사람의 작가에게서 순차적으로 진행되고 있음은 보기 드문 경우이며, 그 시간상의 전말이 한국 현대 문학사와 함께했음을 감안할 때 우리는 황순원 소설 미학을 통해 우리 문학이 마련하고 있는 하나의 독창적 성과를 확인할 수 있는 것이다.

황순원의 첫 작품집에 해당되는 시집 『방가』와 뒤이은 시집 『골동품』에 나타난 시적 정서는 초기 단편에 그대로 이어져서, 신변적 소재를 중심으로 하는 주정적主情的 세계를 보여준다. 이 시기의 작품들은 삶의 현장과 직접적으로 관련되어 있지 않은데, 이는 아마도 '암흑기의 현실적인 제약과 타협하지도 맞서지도 않았기 때문'일 것이다. 상실과 말소의 시대를 지나온 이러한 자리지킴은 그에게 후일의 문학적 성숙을 예비하는 서장으로 남아 있다.

『곡예사』와 『학』 등의 단편집을 거쳐 『카인의 후예』나 『나무들 비탈에 서다』와 같은 장편소설로 넘어오면서 황순원은 격동의 역사, 곧 6·25동란을 작품의 배경으로 유입한다. 삶의 첨예한 단면을 부각하는 단편과 그 전면적인 추구의 자리에 서는 장편의 양식적 특성을 고려할 때, 그와 같이 굵은 줄거리를 수용할 수 있는 용기容器의 교체는 납득할 만한 일이다.

그러면서도 여전히 절제되고 간결한 문장, 서정적 이미지와 지적 세련의 분위기를 유지하고 있는데, 장편소설에서 그것이 가능하고 또 작품의 중심 과제와 무리 없이 조응하고 있다는 데서 작가의 특정한 역량을 짐작할 수 있다. 그는 산문적, 서사적 서술보다 우리의 정서 속에 익은 인물이나 사물의 단출한 이미지를 표출함으로써 소설의 정황을 암시적으로 드러내 보인다. 이러한 묘사적 작풍作風이 단편의 특징을 장편 속에 접맥시켜 놓고도 서투르지 않게 하고 오히려 단단한 문학적 각질이 되어 작품의 예술성을 보호한다.

대표적 장편이라 호명할 수 있는 『일월』과 『움직이는 성』에 이르러 황순원은 인간 존재에 대한 철학적 성찰을 깊이 있게 전개하며,

그 이후의 단편집 『탈』과 장편 『신들의 주사위』에 도달하면 관조적 시선으로 삶의 여러 절목들을 조망하면서 그때까지 한국 문학사에서 흔치 않은, 이른바 '노년의 문학'을 가능하게 한다. 천이두는 이를 '단순히 노년기의 작가가 생산했다는 의미가 아니라 노년기의 작가에게서만 느낄 수 있는 독특하고 원숙한 분위기의 문학'이라는 적절한 설명으로 풀이한 바 있다.

황순원의 작품들은, 소설이 전지적 설명이 없이도 작가에 의해 인격이 부여된 구체적 개인을 통해 말하기, 즉 인물의 형상화를 통해 깊이 있는 감동의 바닥으로 독자를 이끌 수 있음을 잘 보여준다. 그러할 때 그에 의해 제작된 인물들은 따뜻한 감성과 인본주의의 소유자이며 끝까지 인간답기를 포기하지 않는 성격적 특성을 가지고 있다.

하나의 완결된 자기 세계를 풍성하고 밀도 있게 제작함으로써 깊은 감동을 남기고 있는 황순원의 작품들은, 한국 문학사에 독특하고 돌올한 의미의 봉우리를 형성하고 있다. 그것은 또한 현대사의 질곡과 부침浮沈을 겪어오는 가운데서도 뿌리 깊은 거목처럼 남아 있는 이 작가에게 우리가 보내는 신뢰의 다른 이름이요 형상이기도 하다.

2. 단단한 서정성, 또는 시대현상의 선별적 수용

- 단편들의 세계

「독 짓는 늙은이」, 막다른 길에 이른 삶의 표정

「독 짓는 늙은이」가 수록된 단편집 『기러기』는 1951년 명세당에서 간행되었다. 첫 단편집인 『늪』을 내놓은 이후 일제의 한글 말살 정책으로 인한 탄압 속에서 황순원은 '읽혀지지도 출간되지도 않는 작품'을 은밀하게 쓰면서, '그냥 되는 대로 석유 상자 밑이나 다락 구석'에 숨겨두었던 것인데, 그러한 작품 열네 편이 『기러기』에 실려 있다.

이들 작품의 정확한 제작 연도는 해방을 앞두고 시대적 전망이 가장 어두웠던 4년간이었으며, 그러므로 해방 후 발표된 작품들을 묶은 『목넘이마을의 개』보다 출간 시기는 늦었으나 실제 집필 시기는 『늪』을 지나 황순원의 본격적인 창작 활동이 시작되는 제2기의 것이 된다. 「독 짓는 늙은이」는 「산골 아이」, 「황노인」, 「별」 등과 함께 영어 또는 불어로 번역되어 해외에 널리 소개되기도 하였다. 또한 이 작품은 최하원 감독에 의해 1969년에 영화로 만들어졌고, 황해와 윤정희가 주연으로 나왔다. 윤정희는 이 영화로 아시아태평양영화제 여우주연상을 받았다.

「독 짓는 늙은이」에 등장하는 인물들은 매우 단선적으로 그 성격이 정돈되어 있다. 옹기 독을 짓고 굽는 송 영감, 그의 어린 아들, 작품 속에 단 한 번도 등장하지 않는 '여드름 많던 조수'와 함께 도망간 아내, 그리고 흙 이기는 왱손이와 아이를 입양시켜 보내는 일을 맡은 앵두나뭇집 할머니 등이 그들인데 이 중 송 영감을 제외하고는 모두 평면적인 주변 인물의 역할에 그쳤다.

이 작품은 전지적 작가 시점에 의해 진행되고 있기는 하지만, 서술의 초점이 송 영감의 심정적 동향에 맞추어져 있고 그의 내포적 고통스러움을 드러내는 사소설적인 유형을 취하고 있다. 1인칭 소설이 아니며 송 영감의 입을 빌려 발화하지 않으면서도 그것이 가능하도록, 이 작품은 치밀하고 분석적인 서술의 행보를 유지하고 있다.

이와 같은 유형의 소설을 읽을 때 문제가 되는 것은 그 소설적 상황을 통하여 작가가 우리에게 제기하는 공명과 감응력의 깊이일 터이다. '집중 잡히지 않는 병'으로 막바지에 달한 송 영감이 도망간 아내를 증오하면서, 또 어린 아들을 남의 집으로 보내면서 보이는 반응의 양상이, 얼마만한 강도로 우리의 감성을 흔들어놓을 수 있느냐는 것이다.

그러한 목표를 달성하는 데 이 작품은 한 번도 극적인 사건이나 반전을 시도하지 않는다. 사소하고 단편적인 표정 및 몸짓과 같은 외관을 통하여, 그것들의 정연하고 차분한 조합을 통하여 소정의 기능을 감당하게 한다. 우리는 이 작품에서 삶의 마지막 길에서 인간이 겪을 수 있는 가장 극심한 내면적 고통과 대면하지 않으면 안되는 한 개인을 만난다. 그에 대한 자연스럽고 정동적精動的인 휴머니티의 발현, 그것이 이 소설이 요망하는 소득일 터이다.

2-2. 「목넘이마을의 개」, 환경조건을 넘어서는 생명력

1946년 5월에 월남한 황순원은 《개벽》 《신천지》 등 여러 잡지에 단편들을 발표하기 시작했다. 이 작품들은 전란을 배경으로 가난하고 피폐한 삶, 당대의 혼란하고 무질서한 사회 등을 표출하고 있다. 이 무렵에 발표된 작품 일곱 편을 묶어 낸 단편집 『목넘이마을의 개』는 자전적 요소가 강하며 현실의 구체적인 무게가 크게 나타난다. 그것은 아마도 작가가 자신이 겪은 전란의 아픔과 비인간적인 면모를 함축해서 표현하고 있기 때문일 것이다. 「목넘이마을의 개」는 작가가 표제작으로 삼을 만큼 애정을 가진 작품이었던 것 같다. '목넘이마을'은 작가의 외가가 있던 평안남도 대동군 재경면 천서리를 가리키는 지명이다.

이 소설 역시 전지적 작가 시점으로 일관하고 있는데, 다른 작품들과는 달리 그 서술 시점이 더 효율적인 것은 주로 '신둥이'라는 흰색 개의 생태를 중심으로 이야기를 진행한다는 데에 있다. 나중에 단편집 『탈』에 이르러 「차라리 내 목을」이라는 단편에서는 작가가 말馬을 화자로 하여 역방향에서 사건의 깊은 내면을 부각시킴으로써 소설적 성공을 거두는 사례도 볼 수 있다.

이 작품에 등장하는 인간들, 예컨대 간난이 할아버지나 김선달, 또 큰 동장네 및 작은 동장네 같은 이들의 기능은 부차적인 수준에 그친다. 반면에 신둥이를 비롯하여 검둥이, 바둑이, 누렁이 등 여러 빛깔의 개들이 작가의 주된 관심 대상이며, 한 외진 마을에서 이 개들이 자기들끼리 또는 인간과의 관계를 통하여 생존, 번식, 화해와 같은 개념들을 구체적 실상으로 입증해 보이고 있다.

아마도 피난민들이 버리고 간 개인 듯한 신둥이가 이 마을에 남아 생명의 위험을 헤치고 마침내 '누렁이가, 검둥이가, 바둑이가 섞여 있는' 한 배의 새끼를 낳게 된다는 것이 이야기의 전모이다. 과연 그러한 사실이 생물학적으로 가능하겠는가를 따진다면, 이는 소설의 기본적 담화 문맥을 잘 모르는 소치라고 할 수밖에 없다.

왜냐하면 작가는 이미 그러한 과학적 지식을 넘어서는 생명 현상의 절박함을 펼쳐 보였으며, 가장 비우호적인 환경 조건 가운데서도 생존의 절대 명제와 그 법칙의 준수 및 보호에 관한 동조의 논리를 확보해 놓았기 때문이다. 그것은 혼탁한 세상 속에서 따뜻한 시각으로 생명의 외경스러움을 응대하는 작가의 태도를 반영하고 있기도 하다.

2-3.「소나기」, 인간 본원의 순수성과 그 소중함

「소나기」는 짧은 단편이면서도 황순원 문학의 진수를 보여주는 작품이다. 어쩌면 단편문학에서 그의 문학적 특징과 장점을 가장 확고하게 드러내고 있는 작품이라 할 수도 있겠다.「소나기」가 실려 있는 단편집『학』은 1956년 작가와 가까웠으며 이름 있는 화가 김환기의 장정으로 중앙문화사에서 간행되었다. 이 책에는 1953년에서 1955년 사이에 쓰인 단편 열네 편이 수록되어 있다.

전후의 시대상과 힘겨운 삶의 모습들, 그리고 그러한 와중에서도 휴머니즘의 온기를 잃지 않고 있는 등장인물들과 마주칠 수 있다.「소나기」는 청순한 소년과 소녀의, 우리가 차마 '사랑'이라는 이름으로 부르기가 조심스러운, 그 애틋하고 미묘한 감정적 교류를 잘 쓸어 담고 있어 이 시기 작품 세계의 극점에 섰다고 해야 옳겠다.「소나기」는「학」「왕모래」등과 함께 활발한 번역으로 영미 문단에 소개되었으며, 유의상이 번역한「소나기」는 1959년 영국 《Encounter》지의 콘테스트에 입상, 게재되기도 했다.

이 작품의 중심인물은 시골 소년과 윤 초시네 증손녀인 서울서 온 소녀이다. 이들은 개울가에서 만나 안면이 생기게 되고 벌판 건너 산에까지 갔다가 소나기를 만난다. 몰락해가는 집안의 병약한 후손인 소녀는 그 소나기로 인해 병이 덧나게 되고, 마침내 물이 불은 도랑물을 업혀서 건너면서 소년의 등에서 물이 옮은 스웨터를 그대로 입혀서 묻어 달라 말하고는 죽는다.

그런데 「소나기」에서 정작 중요한 것은 그와 같은 이야기의 줄 거리가 아니다. 간결하면서도 정곡을 찌르는, 속도감 있는 묘사 중 심의 문체가 우선 작품에 대한 신뢰를 움직일 수 없는 위치로 밀어 올린다. 정확한 단어의 선택과 그 단어들로 이루어진 문장이 읽는 이에게 먼저 속 깊은 감동을 선사할 수 있다는 범례를 우리는 여 기서 볼 수 있다.

또한 이 작품은 단 한 차례도 글의 문면을 따라가는 이에게, 토 속적이면서도 청신한 어조와 분위기 밖으로 나설 것을 강요하지 않는다. 기승전결로 잘 짜인 플롯의 순차적인 진행을 뒤따라가는 일만으로도, 문학이 영혼의 깊은 자리를 두드리는 감동의 매개체 임을 실감케 한다. 작은 사건과 사건들, 그것을 감각하고 인식하는 소년과 소녀의 세미한 반응 등 작고 구체적인 부분들의 단단한 서 정성과 표현의 완전주의가 이 소설을 가장 우수한 작품으로 떠받 치는 힘이 된다.

이미 익히 알려져서 구태여 부언할 필요가 없을지 모르나, 「소 나기」의 결미는 황순원 아니 한국 단편 문학 사상 유례가 드문 탁 발한 압권이다. 소녀의 죽음을 간접적으로 소년에게 전달하고 소 년의 반응 자체를 생략해 버린 여백의 미학이 하루아침에 습득된 기량일 리 없다. 이러한 결미는 앞의 작품들에서도 유사하게 발견 할 수 있는 바이다.

「소나기」를 통하여 우리는 인간이 내면적으로 본질적으로 얼마나 순수할 수 있는가, 그리고 그것이 얼마나 소중하고 값진 것인가를 손가락 끝을 바늘에 찔리듯 명료하게 알아차릴 수 있다. 그런 점에서 「소나기」 같은 작품, 황순원 같은 작가를 보유하고 있다는 사실이 곧 우리 문학의 행복이라 할 수 있겠다.

　2-4. 다른 단편들, 삶과 죽음의 문제에 관한 깊은 성찰

　황순원 소설의 의미와 가치를 보다 심층적으로 살펴보기 위해 비교적 중점을 두어 분석해 본 「독 짓는 늙은이」 「목넘이마을의 개」 「소나기」 이외의 다른 단편들도, 한결같이 인간이 근원적으로 그 내부에 간직하고 있는 순수성과 그것의 소중함에 대한 소설적 형용을 보이고 있다.

　그중에서 전쟁 직후인 1955년부터 1975년까지 20년에 걸쳐 쓴 작품 21편을 묶은 단편집 『탈』에 「소리 그림자」 「마지막 잔」 「나무와 돌, 그리고」가 실려 있다. 이 단편집의 전반적인 성격이 노년과 죽음의 문제에 관한 수준 있는 성찰을 보이고 있는 것인데, 여기 예거한 세 작품은 인간의 순수한 근원 심성과 삶 또는 죽음이라는 명제가 어떻게 대척적으로 맞서 있고 또 어떻게 조화롭게 악수하는가를 감동적으로 보여준다.

　「소리 그림자」에서 한 어른의 무분별한 노기로 인하여 40평생을

불구의 종지기로 살다가 죽은 어릴 적 친구의 그림에서 경건하도록 맑은 즐거움을 찾아낼 수 있을 때, 우리에게 다가오는 것은 종소리의 여운과도 같은 감동의 파문이다. 그것은 한없는 분노를 청량한 웃음으로 삭여낼 수 있다는 사실이 생경한 교훈에 의해서가 아니라 고통스러운 40년의 삶을 대가로 지불하고 체득한 용서의 표현으로 받아들여짐으로써 경험되는 감동이다.

이러한 소설의 완결형이 보이는 깊이는 간결하게 절제되고 시적 감수성이 담긴 단단한 문체를 바탕으로 하고 있다. 그러할 때, 우리는 아득하게 먼 듯 보이는 삶과 죽음 사이의 거리가 불현듯 지적으로 좁혀짐을 느끼게 된다. 타계한 친구를 침묵으로 조상하는 실명소설 「마지막 잔」은 이 상거相距를 한 잔 술로 넘고 있다. '병밑의 술을 탁자 옆 허공에다 쏟아부음'으로써 망자와의 교감을 유지하는 화자의 행위는 청신하다. 이 소박한 의식을 통해 화자는 죽음이 우리에게 밀착되어 있는 삶의 동반자임을 말하고 있다.

삶과 죽음의 거리를 술 한 잔으로 무화시키는 소설적 상황 구성은 결코 만만한 발견이 아니다. 초기 단편에서부터 주인공의 '떨림'을 안정시켜 온 술의 의미가 죽음의 중량을 감당할 만큼 진전된 것은, 황순원 소설의 문학성을 가늠해 볼 한 단서가 될 수 있으며 또한 이 작가의 세계관이 마련해놓은 시각의 원숙도와도 결부되어 있을 것이다.

'마시는 군/ 음'과 같은 간략한 지문을 통해서도 화자와 친구의 관점이 동화됨은 어렵지 않다. 친구의 대사를 화자가 대신하거나 그 역으로 되어도 별로 거부감이 없을 만큼 두 사람의 거리는 근접되어 있다. 작품 속을 흐르고 있는 애절한 우의를 집약하여 망자를 대하고 있는 화자의 외로운 주석酒席은 초혼제의 제례에 필적할 만하다. 그리하여 그들이 지금까지 누려온 평교간의 일상성이 시공을 초극하는 영혼의 교통으로 상승한다. 이 상승 작용이 바로 산 자와 죽은 자의 공간적 간극을 넘어서게 하는 동력원으로 기능하고 있다.

역시 죽음의 문제를 다룬 단편 「뿌리」는 노추하고 보잘 것 없는 삶의 모래밭에서 사금砂金처럼 반짝거리는 진실의 축적을 예시하고 그 소재를 캐어낸 작품이다. 이 작가가 논거하고 있는 평범한 사람들의 죽음은 이처럼 조촐하지만 내면적 품격을 갖춘 것이며, 그것이 참으로 순수하고 자연스러울 때 「나무와 돌, 그리고」에서처럼 '장엄한 흩어짐'으로 표상되고 있다.

은행나무 잎이 산산이 흩뿌려지는 광경에서, 이 작품의 화자는 범상한 삶의 경험 가운데서 암시되는 장엄한 죽음의 모습을 본다. 화자는 '뭔가 속깊은 즐거움에 젖어 한동안 나뭇가지를 떠날 수'가 없다. 그는 단순히 계절의 생명을 끝내는 은행나무 잎을 보고 있는 것이 아니라, 삶과 죽음이 상징적으로 통합되는 절체절명의 순간에 내면적 충일이 '황금빛 기둥'으로 극대화되는 환각을 체험하고 있다. 시 「기운다는 것」에서 '내 몸짓으로 스러지는 걸' 보아 달라고 하는 작가는, 삶과 죽음의 접점에서 그 몸짓이 격에 맞는 것일 때 '아무런 미련도 없는 장엄한' 모습으로 드러날 수 있음을 인식했던 것이다.

우리가 일생을 두고 추구하는 가치 있는 삶의 본질에 대한 소설적 수사학이 황순원에게 있다는 사실이 이 작가를 기리는 절실한 사유 중 하나가 될 것이다. 그 본질적인 것의 순수함과 아름다움에 대한 태도에 있어서, 그의 소설적 화자는 죽음과 대면하고서도 요동하지 않았다. 그러기에 우리는 그의 소설이 그 일생을 건 구도求道의 길이었음을 납득할 수 있고, 그의 소설에 기대어 우리 또한 소설적 인생론의 진수를 체험하는 터이다.

3. 전란의 상흔과 모순에 맞선

인간중심주의-초기 장편들의 세계

6·25동란이 발발하기 넉 달 전인 1950년 2월, 황순원은 첫 장편『별과 같이 살다』를 정음사에서 간행했다. 1947년부터 「암콤」「곰」「곰녀」 등의 제목으로 이곳저곳에 분재되었던 것에 미발표분까지 합쳐서 묶은 이 소설은, 그 중간제목들이 말해주듯이 일제 말기에서부터 해방 직후까지의 참담한 시대상을 통해 우리 민족의 수난사를 담으려 했다. 그의 장편소설로서는 유일하게 '곰녀'라는 한 여인을 주인공으로 설정하고 있기도 하다.

1953년 9월부터 황순원은《문예》에 새 장편『카인의 후예』를 연재하기 시작했으며 우여곡절 끝에 집필을 완료하고, 그다음 해인 1954년 중앙문화사에서 김환기의 장정으로 단행본으로 상재했다. 이는 1950년대 한국문학의 대표작이 되었다. 또한 1955년 1월부터 장편『인간접목』을《새가정》에 1년간 연재하여 완결하였다. 발표 당시의 제목은『천사』였으나 1957년 10월 중앙문화사에서 단행본으로 출간할 때 오늘의 제목으로 개제하였다. 이는 작가가 30대 후반에 체험한 동란의 비극을 소설로 옮긴 것이며, 이 민족적인 아픔을 본격적인 장편문학으로 수용한 한국문학의 첫 6·25 장편소설로 일컬어진다.

황순원은 1960년 1월부터 전란의 문제를 다룬 또 하나의 중요

한 장편 『나무들 비탈에 서다』를 《사상계》에 연재하기 시작하여 7
월호에 완결하게 되는데, 이는 9월에 같은 출판사에서 단행본으로
상재되었다. 피카소의 그림을 표지화로 김기승의 글씨를 제자로 한
이 단행본에서는, 발표 당시 허무주의자 주인공 현태를 자포자기
의 자살로 버려두었던 것을 일부 수정하여, 일말의 정신적 구원 가
능성을 암시하는 것으로 바꾸어 놓는다.

　이 작품은 작가에게 이듬해 예술원상 수상을 가져다주었으나,
이 작품을 평한 백철과 더불어 작가의 의식과 시대상의 반영에 관
한 두 차례의 유명한 논쟁을 촉발하게 한다. 이미 언급한 '작가는
작품으로 말한다'는 신념 아래 일체의 잡글을 쓰지 않으며 심지어
신문 연재소설도 끝까지 마다한 작가의 문학적 엄숙주의에 비추어
보면, 《한국일보》에 발표되었던 두 편의 논쟁문은 매우 특이한 사
례에 속한다.

　오늘날에 와서 우리가 이 논쟁을 다시 돌이켜볼 때, 다른 모든
소설적 가치들을 제외하고라도 작품의 총체적 완결성에 관한 한,
자기세계를 치밀하고 일관되게 제작해온 작가의 반론을 무력화시
킬 수 있는 어떠한 논리도 작성되기 어려웠으리라 짐작된다. 미상
불 「비평에 앞서 이해를」(《한국일보》, 1960. 12. 15.)과 「한 비평가
의 정신자세-백철 씨의 소설작법을 도로 반환함」(《한국일보》, 1960.
12. 21)이라는 제목만 일별해보아도 그의 오연한 결의가 느껴지는
바 없지 않다.

전란의 시대를 관통해오면서 그 체험을 소설문법으로 형용한 황순원은, 전란의 파고에 휩쓸리거나 그에 억압되어 소설을 쓴 작가가 아니었다. 험악한 시대를 깨어있는 정신으로 살아야 했던 그의 문학적 발화법은, 문학에 관한 자신의 분명한 인식과 판단을 중심 줄기로 하여 그 줄기에 전란의 여러 상황을 부가적 절목으로 편입시키고 있는 경우에 해당한다. 손창섭이나 장용학을 필두로 하여 전후에 급작스러운 빛을 발했던 많은 전후문학 작가들과 그가 구별되는 지점이 바로 여기일 터이다.

　지금까지 살펴본 황순원의 작품 세계, 그리고 생애사적 사건들과 전란과 관련된 작품 제작의 행보에 유의하면서, 여기에서는 전란의 문제를 생명에의 외경과 인본주의적 의식을 통해 조명한『카인의 후예』를 살펴보려 한다. 이 작품이 어떤 환경 조건에서 창작되었으며, 소설이 표방하는 메시지와 그것을 담고 있는 그릇으로서의 미학적 구조, 그리고 전란의 시대를 넘어온 우리의 삶에 던지는 감응력과 전파력이 무엇인가를 순차적으로 검증해 보기로 한다.

　황순원의 첫 장편소설『별과 같이 살다』가 간행된 것은 앞서 언급한 바와 같이 1950년이었으며, 여기서 주목의 대상으로 하는『카인의 후예』는 동란 이듬해 1954년 12월에 간행되었다.『카인의 후예』는 1953년 9월부터『문예』에 연재하기 시작했으나 5회까지 연재하고 이 잡지의 폐간으로 중단됐으며 나머지 부분은 따로 써두었다가 함께 묶었다.

이 소설은 해방 직후 북한에서의 토지 개혁 및 지주 계급이 탄압받는 이야기가 하나의 중심축이 되어 있는데, 그런 만큼 황순원 가문의 자전적 요소들이 많이 내포되어 있으며, 그 일가가 월남할 수밖에 없었던 배경도 잘 내비치고 있다. 이 소설의 무대는 작가의 향리, 곧 평양에서 40리 떨어진 평남 대동군 재경면 빙장리이다. 1950년대 한국문학의 대표작이 된 이 작품으로 작가는 이듬해 '아세아 자유문학상'을 수상하게 된다.

이 소설의 한 중심축은 앞서 언급한 토지 개혁과 지주 계급의 탄압에 관한 이야기이다. 이는 곧 작가의 현실 인식과 밀접한 관련을 맺는 것으로, 이를 먼저 살펴보는 것이 좋겠다. 이와 다른 또 하나의 중심축은 지주 계급 출신 지식인 청년 박훈과 마름의 딸 오작녀 사이의 교감과 사랑의 이야기인데, 이는 그 다음에 살펴보겠다.

북한에서의 토지 개혁은 1946년 3월 '북조선 토지 개혁에 관한 법령'이 공포되고 이를 추진하는 담당 조직으로 빈민과 농업 노동자로 구성된 1만 1500여 개의 '농촌위원회'가 만들어지면서 본격화된다. 이 위원회의 주도 하에 일본인, 민족 반역자, 5정보 이상을 소유한 대지주의 땅은 몰수되어 토지가 없거나 부족한 농민에게 가족 수에 따라 무상으로 분배되었다. 이 당시에는 개인 영농을 위주로 토지 분배가 이루어졌으며, 북한에서 토지에 대한 사회주의적 집단화가 이루어진 것은 6·25 동란 이후의 일이다.

『카인의 후예』는 이와 같은 토지 개혁을 배경으로, 그 와중에 숱

한 인간관계의 파탈과 고통을 겪고 있는 북한 사회를 사실적으로 그렸다. 그것이 단순히 역사적 사실을 그대로 반영한 기록이 아니라, 작가 자신의 가문을 바탕으로 생동하는 인물들의 이야기를 통해 축조되었다는 측면에서 문학적 특성과 장점을 반영하고 있다.

작품의 표제 '카인의 후예'는 두 가지 의미를 함께 끌어안고 있다. 카인은 성경에 기록된 인류 최초의 살인자이며 동시에 인류 최초의 곡물 경작자였다. 그러므로 카인의 후예는 곧 범죄와 농민이라는 중의법의 의미망을 함께 둘러쓴 이름이다. 북한의 농경 사회에 불어닥친 인간성 파괴의 현장, 작가는 그것을 일종의 범죄 행위라는 시각으로 본 것이다.

지주의 아들 박훈은 넉 달 동안 운영해 오던 야학을 예고 없이 접수당하는 일로부터 시작하여, 주변 인물들이 상황에 따라 변해 가는 모습을 목도하면서 끊임없는 불안감에 시달린다. 반면에 그의 주변에 있는 농민들은 토지 개혁에 관한 기대감과 죄의식을 동시에 갖고 있으면서 염량세태의 냉혹한 현실을 뒤따라간다.

지주 계급 출신의 용제 영감, 부재지주 윤기풍 등이 이 혼란기의 표적이 되고 박훈 역시 그러하다. 반면에 남이 아버지, 도섭 영감, 홍수 등 농민 위원장을 맡는 인물들은 이들을 타도하는 일의 선두에 서지 않으면 안 된다. 특히 박훈 집안의 마름이었던 도섭 영감은 자신이 살아남기 위해 악랄한 변신의 길을 가는데, 그 이용가치가 다하자 냉정하게 버림받는다. 그의 딸 오작녀가 바로 박훈을 연모하는 여인이며, 박훈을 위기에서 구출한다는 데 이 소설의 구조적 묘미가 있다.

이 소설을 통하여 우리는 북한의 토지 개혁에 관한 법령이나 사례집을 수십 번 읽는 것보다 더욱 쉽사리 문제의 본질을 파악할 수 있다. 작가의 역사의식과 현실 인식이 그것을 이야기 속에 담고 있기도 하거니와, 박훈과 오작녀의 사랑에 있어서도 그 전개 과정이 토지 개혁으로 인한 지주들의 수난사와 직접적으로 상관되어 있는 것이다.

남녀 간에 이루어지는 어느 사랑인들 거기에 숨은 사연이나 정황이 없으랴마는, 한 시대의 의식 전반이 뒤바뀌는 혼란한 시기를 감당하고 있는 박훈과 오작녀의 사랑은 소극적이면서도 뜨겁고 의미심장하다. 작가는 이 유별난 사랑의 이야기를 남녀 간의 대등한 정분으로서가 아니라 여자가 남자를 한없이 감싸 안는 모성적 사랑으로 그렸다.

박훈은 어려서부터 병약하고 무서움을 잘 느끼는 아이였으며, 지식인 청년으로 일제의 압박을 피해 고향으로 돌아와 있는 작중의 상황에서도 그러하다. 오작녀에 대한 감정을 겉으로 드러내지는 않지만, 그 열망은 때로 그의 꿈을 통해 나타나며 소설의 말미에 오작녀를 대동하고 월남하려는 시도를 통해 더욱 확연해진다. 이를테면 오작녀는 성장 과정에서부터 그에게 하나의 주박呪縛과도 같은 존재였다.

오작녀 역시 직접적인 사랑의 표현을 표출하는 유형이 아니다. 가슴 속의 사랑은 강렬한데 그것이 모여 몸 밖으로 탈출할 자리를 얻은 곳, 그것이 바로 오작녀의 '타는 듯한 눈'이다. 그 눈을 떠올리며 박훈은 약혼까지 할 뻔한 나무랄 데 없는 여자를 거부하기도 했던 것이다. '타는 듯한 눈', '불타는 눈', '언제나 눈꼬리가 없어 보이는 큰 눈'의 이미지는 박훈에게는 익숙한 도피처요 오작녀로서는 희생과 헌신의 표상이다.

그러니 이들의 내연內燃하는 사랑이 모성의 빛깔을 띠는 것은 당연하다. 시집을 갔던 오작녀가 끝까지 남편에게 가슴을 허락하지 않다가 쫓겨 오는 것은 이를 단적으로 말해준다. 한 남자에게 여자로서의 사랑보다 더 큰 어머니로서의 사랑을 공여하고 있으므로, 오작녀는 그 가슴을 열어줄 수 없었던 것이다. 이 헌신적 사랑은 마침내 농민 대회에서 박훈을 보호하기 위하여, 많은 사람들 앞에서 서슴없이 "우리는 부부가 됐어요"라는 발설을 하게 한다. 거기에 자신의 체면이나 안위에 대한 염려는 조금도 없다.

이렇게 본다면, 이 작가는 이들 두 남녀의 사랑 이야기를 통해서 변동하는 새 사회의 내막을 절실하게 드러내고 있으며, 그 시대상이 이들의 사랑을 한층 더 절실하게 하는 짜임새 있는 구성 기법을 사용한 것이다. 이 두 줄기의 조화로운 결합이 이 소설을 1950년대 우리 문학의 대표적인 작품으로 밀어 올리는 힘이었다 할 수 있겠다.

소설의 결말로 보자면, 이 이야기는 아직 다하지 못한 전개를 남겨놓고 있어서 그 속편이 씌어졌음직도 하다. 그런데 그 속편이란 바로 다름 아닌, 분단 시대를 살아가는 우리의 구체적 삶에 해당한다. 단절과 대립의 역사, 고난과 통한의 분단사를 꾸려가고 있는 동시대 우리 민족 구성원이 모두 '카인의 후예'라는 호칭으로부터 자유스러울 수 없는 것이다.

4. 소설의 조직성과 해체의 구조 - 본격적인 장편들의 세계

4-1. 황순원 장편소설과 작중인물들의 성격

문학작품 속에서 다양한 계기들의 짜임을 이끌고 나가는 작가의 주제의식이 보편적이며 구체적인 실체로 형상화될 때 우리는 작중인물character과 만나게 된다. 작가는 인물의 행동과 심리를 통하여 '사회학자나 관념론자들이 그들의 체계에서 배제하는 구체적 개인의 모습'을 독자에게 제시한다. 이때의 인물은 '일정한 수준과 질서와 계급체계, 특히 이런 것들을 보장해 줄 고유한 이상과 가치관을 가지고 어느 특정한 사회를 반영'한다. 인물 설정에 객관적 타당성과 필연성이 결여되어 있으면 이 명제를 충족시킬 수 없다.

근대소설의 특징 중 하나는 이야기의 진행plot보다 인물의 성격을 뚜렷이 부각시키려는 데 있으며 사건, 행동, 배경마저 이 인물 부각의 보조 역할에 머무를 수 있다. 미술에 비유한다면 화가가 색채의 기본 구조나 묘화에 숙달하는 것이 작가가 인물 구성의 관습적 도구를 사용하는 것과 꼭 같은 가치를 갖는다.

물론 근대소설에 의식의 흐름이란 기법이 도입되면서, 메어리 메카디가 말한 바와 같이 '작중인물에 대한 의식은 D. H. 로렌스와 더불어 사라지기 시작했다'는 극단적인 견해가 없는 것은 아니다. 처음부터 장르 개념에 대해 회의적인 입장을 취하는 러시아의 형식

주의자들이나 프랑스의 구조주의자들의 태도도 이와 크게 다르지 않다. 그러나 우리가 소설 장르의 개념을 승인하고 전형적인 소설 작품을 대상으로 했을 때 '헤겔의 세계사적 개인, 루카치의 문제적 개인, 지라르의 우상숭배적 개인'과 같은 작중인물을 통해 언어라는 질료로써 소설이 구축하는 성채의 견고함을 무너뜨릴 수 없다.

대다수의 작품에서 작중인물은 인간의 내면세계와 전체적 형상, 그 소설의 특성을 규정짓는 통일된 속성으로 남아 있으며, 인물 분석을 통해 우리는 작품을 정확하게 이해하고 향수할 수 있다. 그것은 작품의 내부에서 인물의 유기적 관련에 의해 드러나는 구조적 특성을 파악하며 작가의 인생관과 세계관 또는 그 사회의 성향과 시대정신을 밝히는 작업이 될 것이다.

여기에서는 인물 분석에 관한 이론의 창을 통해 작품을 보려는 것이 아니라 작품 속에 자생하고 있는 인물들의 성격유형 분석을 통해, 이를 논리적 근거와 결부시키면서 작품구조와 주제의 해명에 이르고자 하며, 황순원의 『일월』과 『움직이는 성』을 주된 대상으로 하고자 한다. 이 두 작품을 택한 이유는 그들이 각각 작가의 기량이 원숙하던 1960년대와 1970년대에 창작된 대표적 장편소설이며, 구성기법에 있어서 두 작품 사이에서 특이한 변화를 보여주고 있고 주제에 있어서도 인간 존재에 대한 원숙한 성찰을 보여주고 있기 때문이다.

따라서 작중인물과의 상관관계를 통해 작품을 해명하며, 황순원의 작가적 특질을 밝히는 데 적합하다고 할 수 있다. 그리하여 이미 한국문학사의 흐름 속에 확고한 자기 세계를 확보하고 있는 작가 황순원의 소설에 대해 하나의 정리된 시각을 설정하며, 그의 소설세계 저변을 흐르고 있는 본질적인 단자들의 정체를 밝히는 것이 여기에서의 중심 과제이다.

4-2. 인물구성과 지향점의 확산

『일월』의 중심인물 인철은 백정의 후예이며 이에 대한 그의 인식이 비극적 반응 양상을 부여하는 계기가 된다. 이 고독한 개성적 인물은 질긴 인습의 굴레를 체험하면서 적극적인 문제 해결의 의욕보다 소극적인 회의와 갈등의 내면을 보여준다. 이러한 그의 성격은 소설적 필연성에 입각해 있다. 적어도 그는 다른 가족들과는 달리 이 생득적 숙명에 관해 아버지처럼 숨기거나 형처럼 회피하거나 백부처럼 체념하지 않고 정면으로 마주 선다.

이 대립은 존재자아의 진실한 모습에 대한 질문이며, 그 대답으로 사촌형 기룡의 흥미로운 삶이 제시된다. 그것은 존재론적 고독의 무게가 그것을 수락하고 감당해 나갈 때 해소될 수 있다는 일깨움이다. 거칠게 말하면 인철과 기룡이라는 이 두 인물만으로도 소설의 긴장과 줄다리기의 구조가 유지되지만, 그들의 성격은 보다 먼저 태어난 황순원 소설의 인물들처럼 여전히 소극적이다.

이러한 소극성은 그의 소설에 등장하는 남성들이 거의 공통적으로 갖는 속성이다. 『움직이는 성』의 농학기사 준태는 현실의 어디에도 안주하고 싶은 의욕이 없고 인간관계를 불신하는 허무주의자다. 그가 고구마나 감자처럼 대지에 뿌리내리는 식물의 생태를 연구하는 직업을 가졌음은 인물과 환경의 가역반응을 염두에 둔 면밀한 안배인 듯하다. 교회의 명분주의와 율법주의에 반대하면서 가난한 사람들과 함께 사는 전직목사 성호는 금욕적 이상주의자지만, 그 기독교적 사랑의 실천에 설득력을 부여받기 위한, 금지된 사랑을 한 불행한 과거에 얽매여 있다. 준태와 성호의 친구인 민속학자 민구는 유랑민의 표본처럼 상황에 따라 삶의 지표를 유동시키는 현실주의자이며 참된 삶의 의미를 따라 가려는 의지와는 큰 간극을 가지고 있다.

이와 같은 소극적 인물들이 자율적인 움직임에 의해 사건 전개나 반전을 가져오기는 어려운 일이며 따라서 그들의 내면적 성격과 주변 상황의 부딪침에 따른 반응에 의해 소설의 추진력이 획득되고 있다. 실제로 황순원에 있어 사랑의 진실 같은 것도 '순간적인 감정의 정직성'에서 발견되는 것이지 '이성적 논리관'에 입각한 것이 아니다. 화풍으로 말하자면 19세기 말 시냑signac을 비롯한 프랑스 점묘파 화가들의 채색점과 같이 각기 강조된 부분의 조합을 통해 전체를 형성한다. 그러므로 한 주인공의 내면 심상이 도도한 사상적 흐름을 이루면서 전개되는 작품은 이 작가의 세계에서 만나기 힘들다.

　황순원 소설의 남성상이 정적인 소극성에 머무르고 있지만 여성
상은 다르다. 그 서로 다른 점은 『일월』의 다혜와 나미를 대비시킴
으로써 잘 관찰될 수 있다. 다혜는 전통적이며 모성적인 여인이며,
'곱단이나 순이나 오작녀 같은 토속적 여인을 현대적 의장으로 치
장'해 놓았을 뿐, 심층적 의식세계는 큰 차이가 없다. 반면에 나미
는 현대적 도시적 세련미를 가진 여성이며, 이 작가의 작품에 자주
등장하는 에피소드나 상징적 알레고리와 같은 지적 조작에 의해 형
상화된 인물이다. 다혜에게는 공동체적 사회의 윤리적 척도가, 나
미에게는 자신의 이성적 판단과 의지력이 더 소중하다.

　이 작가가 계속해서 장편소설을 써 오면서 더 이상 오작녀와 같
은 전통적 전형적 인물에만 의존할 수 없었다면 나미의 출현은 예
정되어진 것이다. 우리는 『일월』에서 한국의 전통적 여인상과 현대
적 여인상이 한 남성의 성격에 접촉하는 대칭적 방식을 발견할 수
있지만, 보다 중요한 것은 그 이후 소설의 여인에게서 다혜의 속성
이 축소되고 나미의 속성이 강화되어 나타난다는 사실이다. 『움직
이는 성』의 지연, 창애, 『신들의 주사위』의 세미가 바로 그들이다.
이러한 현상은 황순원의 보수적 세계관이 일정한 변화를 보여주고
있음을 뜻하는데, 그 면모는 곧 그의 연륜과 그가 살아온 시대의 행
적을 말하는 것일 터이다.

　황순원 소설의 인물 분석을 통해 드러나는 또 한 가지 중요한 특

징은, 인물 속성의 지향점이 변화한다는 사실이다. 초기의 작품에서 보이던 신변적 취향의 인물들이 전란을 소재로 한 작품에 이르러 사회적 맥락 속의 인물로, 다시 『일월』 이후에는 인간의 운명과 존재에 대한 철학적 사고를 유발하는 인물로 변신하고 있다. 이는 "아름다움으로 묘사된 삶의 순간이나 사물의 상태가 초기의 단편들에서는 소멸의 미학을 지니고 있었다면, 최근의 그것은 생성과 유대의 미학을 내보이고 있다"는 김치수의 지적과도 관련되어 있다.

황순원은 인물설정에 있어 전형적 인물과 개성적 인물, 평면적 인물과 입체적 인물을 효과 있게 병렬시키고 있으며, 그 형상화 과정에서도 행동 및 사건 전개에 호소력을 갖는 극적 방법과 심리적 동향을 부각시키는 분석적 방법을 적절하게 혼용하고 있다. 그런데 『신들의 주사위』에 이르면 평면적 인물과 입체적 인물의 역할에 대한 혼란의 징후가 엿보인다.

한 작품 속에서 성격이 변화하지 않는 인물과 변화, 발전하는 인물의 구분이 모호해지고 주변인물들이 고착되어 있기를 거부한다. 한 소읍을 근거지로 살아가는 여러 사람들에게 비슷한 비중이 주어져서 마치 그 소읍 전체가 동시적으로 움직이는 듯한 감을 준다. 그러면서 각기의 분절적 움직임들이 '가족문제, 농촌문제, 공해문제, 통치문제 등으로 확대'되고 있으며 새로운 문물의 유입과 함께 한 지역사회가 변동해가는 내면의 실상을 보여주고 있다.

이와 같은 인물설정 기법의 확산은 작품구조 및 주제의 확산과 함께 이루어지며, 작품의 중심 과제를 종합적으로 투시하려는 원숙한 시선에서 기인하는 것으로 보인다. 그것은 한국소설사에서 황순원의 작품이 이루어놓은 간척지이자 그 지평의 가장 전방지점일 것이다. 『신들의 주사위』 이후 그가 세상사를 원숙한 시각으로 축약하는 시들을 창작하여 다시 시인으로 돌아가고 있음은 바로 그것을 말해주는 듯하다.

4-3. 해체의 작품구조와 질서의식

교과서적 미학이론가로서 하르트만은 극예술에 있어서의 행동통일을 위해 동작·표정·말투의 통일, 성격의 통일, 인간운명의 통일이 필요하다는 다원적 통일성의 이론을 체계화했다. 소설의 구조적 통일성을 획득하는 데 가장 핵심이 되는 것은 인물의 행동이며, 그러할 때 그것은 비록 가공의 것이더라도 현실 가운데서 충분히 있을 수 있는 일이어야 할 것이다.

『일월』에서 부친과 형, 백부는 과거의 인습적 성격을, 기룡은 미래지향적 성격을 대변하면서 상대적 구도를 이루고 있다. 또한 다혜는 전통적 서정적 성격을, 나미는 현대적 지적 성격을 대변하면서 역시 상대적인 구조를 이루고 있다. 이 두 상대적인 구조가 교차하면서 스토리가 진행되고 있으며 그 이중구조의 교차중심에 인철이 겪고 있는 갈등의 내면이 소설적 필연성으로 자리 잡고 있다.

인습의 굴레와 부딪칠 때 가족·친척들이 보여주는 반응의 양상은 작품의 주제를 표출하는 데 관련되어 있으며, 이성간의 접촉 방식이 드러내는 탄력적인 삼각구도는 다혜를 통해 인철의 고뇌를 부축해 주고 나미를 통해 이를 진전시키는 작품구조의 조건이 된다. 이처럼 『일월』은 주인공 인철을 중심으로 직조물의 씨줄과 날줄처럼 주제표출과 구성기법에 의한 복합구조로 짜여 있다. 그 교차 지점에서 인철은 소설의 통일성과 조직성을 더하게 하는 구심점이 되고 있다.

그러나 『일월』과 그 이전의 작품들을 보던 시선으로 『움직이는 성』을 볼 때, 우리는 이 작가의 구성기법으로부터 어떤 특이한 변화를 감각할 수 있다. 그것은 일관성 있게 스토리를 진행시키는 집합적 구조에서 다양한 사건들을 얼기설기하게 풀어나가는 해체적 구조로 변화해 가는 조짐이다. 이 작품에 빈번히 등장하는 에피소드들 – 예거하자면 연하의 남성이 가진 고통을 잠재울 줄 아는 창녀나 무속세계와 관계된 짧은 이야기들 – 이나 지적 조작을 통한 꿈과 같은 것은 모두 개인적인 차원의 것이다. 작물의 품종개량, 매사냥, 개의 습성 등에 관한 서술·묘사도 일견 개별적인 삽화에 불과한 듯이 보인다.

그러나 이것들이 한국인 의식세계의 내면풍경으로 확대되고 우리 사회의 속성을 대변하는 범례가 되고 있음을 주목할 필요가 있다. 면밀히 관찰해 보면 이 작은 단락들이 전체적인 작품구조 속에서 흥미로운 정보를 제공하기도 하지만, 소설의 흐름을 부드럽게 하는 윤활유이자 빈틈없는 조직성을 부여하는 안전판으로서의 역할을 하고 있음을 알 수 있다.

인물들의 행동과 사건 역시 그러하다. 『일월』에서 인철을 중심으로 통일되어 있던 것이 『움직이는 성』에 이르면 준태, 성호, 민구 등 등장인물들의 개성적 성격과 행동이 산발적으로 나타나면서 작품의 주제를 부각시키는 데 다각적으로 접근하고 있다. 마치 "진리는 하나이지만 네카의 입방체처럼 다방면에서의 관찰이 가능하다"는 기하학의 원리와도 유사하다. 이 개인적이고 개별적인 단락들의 관계가 함께 엮어지면서 소설이라는 조직체를 이루는 것은, 그 배면에서 유기적 통합을 감리하는 작가의 구성력을 인식하게 한다.

이와 같은 사실은 이 작가의 다음 장편 『신들의 주사위』를 읽어보면 더욱 확연하게 드러난다. 창작방법의 이러한 변화는 "근대사의 흐름과 함께 한 사회의 무질서 속에서 작가 자신이 어떤 질서를 발견할 수 있었기 때문"에 가능한 것인지도 모른다. 아도르노가 『미학이론』에서 "구성의 원칙 가운데 각 계기들을 주어진 단일체 속에 끌어들여 해체하는 경우에도 매끄럽게 만드는 요인, 조화를 강조하는 측면이 나타난다"고 하고 "다양한 것들을 종합하는 것이 구성"이라고 한 것은 황순원 소설의 확산구조와 그 유기적 결합의 질서를 논리적으로 강화해 준다.

작품구조에 관한 작가의 질서의식은 소설에 조직성을 부여할 뿐만 아니라, 어느 정도 무리를 무릅쓰고 말하자면 그처럼 질서 있는 시각으로 세계를 볼 때 주제적인 측면에서『움직이는 성』의 '창조주의 눈'과 같은 향일성의 미래를 예시하게 된다고 보인다. 황순원이 후기의 장편으로 오면서 작품구조의 확산을 시도하고 있으면서도 마치 소설의 조직성이란 문제에 대해 답안을 제시하듯이 정교한 이음매로 이루어진 구조를 유지하고 있음은 결코 우연한 일이 아니다.

그러한 구조적 확산을 가져온 작가의 내면의식을 추단하기는 용이한 일이 아니지만, 아마도 작품의 주제가 철학적 사고를 동반하는 것으로 되면서 여러 측면에서 종합적으로 고찰하려는 의도가 숨어 있으리라 여겨진다. 그리고『일월』에 있어서 백정에 관한 지식,『움직이는 성』에 나오는 무속과 농학에 관한 지식들이 단순한 현학 취미의 나열이 아니라 작품의 주제와 긴밀한 상징적 연결을 이루고 있다는 점도 지적할 필요가 있다. 이는 역사적 과학적 학술 자료들이 어떻게 정서적 예술 감각의 여과를 거쳐 작품구조 속으로 편입되도록 할 수 있느냐에 대한 좋은 보기가 될 수 있을 것이다.

4-4. 인간의 존엄성과 철학적 성찰

한 작품 속에 집적되어 있는 여러 의미 가운데서 뜻의 요약과 뜻풀이를 위하여 하나의 주제를 추출해 내는 것은 절대적 가치가 없는 일인지도 모른다. 뿐만 아니라 경우에 따라서는 의식의 흐름이란 기술방법에 의해 쓰인 일부의 소설들처럼 주제를 확인하는 일 자체가 무의미하게 될 수도 있을 것이다.

그러나 전형적인 창작법과 사실적인 표현 방법에 따라 제작된 소설에 있어서는 주제의 확인과 그에 이르는 과정이 작품의 가치를 판단하는 좋은 자료가 된다. 물론 황순원은 후자에 해당하는 작가이다. 근대사의 격동기를 거쳐 오면서 생산된 우리 문학에는 패배와 반항의 군상으로 그려진 많은 지식인들을 볼 수 있다. 특히 전후 1950년대 작가들의 작품은 대다수가 그러하다. 문학은 '사회 제도의 하나이며 그 매개수단으로서는 사회가 만든 언어를 사용'하고 있기 때문이다.

이 논의를 보다 확실히 하기 위하여 『나무들 비탈에 서다』와 『움직이는 성』의 인물들을 대비시켜 보는 것이 유익하다. 『나무들 비탈에 서다』의 현태, 동호, 윤구는 『움직이는 성』의 준태, 성호, 민구와 포괄적인 의미에서 각기 동류항으로 묶을 수 있다. 현태가 전란의 가혹한 현실상황에 반발하는 허무주의자라면, 준태는 우리 민족의 심리적 기조인 유랑민 근성에 근거한 허무주의다. 동호가 인간의 순수성과 고귀함을 지향하는 이상주의자라면, 성호는 기독교적 사랑의 실천을 추구하는 이상주의자다. 윤구가 혼란의 와중에서 물욕을 키워가는 현실주의자일 때 민구는 본능적으로 이기심을 따라가는 현실주의자다. 이들의 이름 끝 자가 서로 일치하고 있음은 작가가 보이는 작명법의 취향에 대한 암시일 수도 있을 것이다.

이들 중 엄밀한 의미에서 성공했다고 할 수 있는 사람은 아무도 없다. 허무주의자의 패배는 당연한 것이다. 현태는 극심한 자학에, 준태는 결국 죽음에 이른다. 이상주의자로서의 동호는 전란의 격랑 속에서 동정을 버리고 자살밖에 택할 길이 없으며, 성호는 내면적 인격의 건실함을 잃지 않지만 사회적 의미의 성공을 거두지 못한다. 현실주의자로서의 윤구와 민구의 삶은 속물적인 것으로의 전락이며 정신적인 패배자의 모습이다.

왜 이들이 모두 패배의 수렁으로 떨어져야 하는가를 밝히는 일은 곧 작품의 주제를 설명하는 것으로 되는데, 『나무들 비탈에 서다』에서는 전란이 초래한 한국사회의 윤리적 위기를 다루고 있으며 『움직이는 성』에서는 한국인의 근원 심성을 유랑민 근성이라는 비판적인 측면에서 보고 있기 때문이다.

그렇다면 뒤이어 독자는 작가가 이들의 패배를 당연한 것으로 생각하고 이에 동의하고 있는가를 질문하게 된다. 그렇지는 않다. 그는 '인간을 아름답고 순수한 어떤 것으로 믿는 경향'을 지니고 있으며 그 때문에 문학사에서도 그를 낭만적 휴머니스트로 기록하고 있다. 주어진 운명이나 참기 어려운 상황에 대해 작가가 항일 작업의 반응검사로 내세우는 것은 그것을 수락하고 감당하는 삶의 자세이며, 그것은 주로 작품의 말미에서 나타난다. 『나무들 비탈에 서다』에서 동호의 애인 숙이 현태의 아이를 낳아 기르겠다고 결심하는 것은, 전쟁의 상처를 '마지막까지 감당하기 위해서'이다.

『일월』에서 기룡이 보여주는 현실초월적 태도는 천생의 숙명과 가열한 고독감에 대한 수락과 감당을 의미한다. 『움직이는 성』의 성호와 지연도 불행한 사람들의 생애가 남기고 간 아이들을 거두어 기르면서 사랑의 실천에 동역자가 되며, 남은 사람들의 진행방향을 가리키는 전조등으로서 '창조주의 눈'이란 함축적인 알레고리가 제시되고 있다. 이러한 사실들이 그가 인간의 정신적 아름다움과 존엄성에 대한 깊은 신뢰를 포기하지 않는 증거가 될 것이다. 그런데 그러한 인간애 또는 인간중심주의가 그냥 얻어진 것일 리 없다. 황순원이 작품 활동의 후반기로 오면서 인간의 존재에 대한 철학적 성찰에 깊이 있게 접근하고 있었고 그러한 노력이 수준 있는 성과를 거두었기에 가능했을 것이다.

『일월』에서는 숙명적인 출생의 고통에 대한 성찰에서부터 존재론적 고독의 문제에 대한 천착으로 주의 깊게 주제를 발전시켜 나가고 있다. 마지막 장면에서 인철이 '머리에서 고깔모자를 벗어 뜰에 서 있는 한 나뭇가지에 거는' 행위는, 오랜 방황 끝에 과거의 인습적 굴레와 함께 존재론적 고독의 사슬에서 벗어날 수 있을 것임을 암시한다. 『움직이는 성』에서는 한국인의 근원심성, 그 기층적 기질과 기독교 신앙의 갈등과 같은 철학적 종교적 사고를 유발하는 문제가 다루어지고 있다. 이러한 경향은 단편집 『탈』과 장편 『신들의 주사위』에도 그대로 이어진다.

이와 같은 우리 삶의 현장에 대한 관조적인 시각은 황순원이 이룩하고 있는 소설세계의 의미심장한 깊이와 관련되어 있으며, 그 바닥을 두드려보는 일이 곧 황순원 문학의 본질을 밝히는 것이 된다고 보인다. 소설은 전지적 설명이 없이도 인물의 형상화를 통해 인간의 존재양식에 대한 통찰력 있는 천착을 가능하게 할 수 있다. 황순원의 장편들이 이를 잘 증명해 주고 있다. 철학으로 존재론을 설명하자면, 작가와 독자 사이에 전문지식이 공유가 있어야 하고 관념적인 용어를 사용하지 않을 수 없는데 비해, 소설은 이를 직관적이면서도 구체적으로 보여줄 수 있다. 이는 소설문학의 특성이자 강점이다. 하르트만이 사실주의를 예술의 건전한 경향이라고 한 것도 이와 같은 맥락 속에 있다.

4-5. 장편소설의 변화과정과 그 의미

지금까지 우리는 황순원의 소설작법이 후기의 장편으로 오면서 전반적으로 확산되는 경향을 보이고 있음을 확인할 수 있었다. 근대사의 격동기를 수용하기 위하여 단편에서 장편으로 소설양식을 변화시켰듯이 그 내부에서도 작품의 중심과제를 복합적으로 투시하기 위한 확대변화를 시도한 것이다.

이와 같은 확산의 진행은 『신들의 주사위』에서 어떤 한계를 내보이게 되는데, 그것은 "한 작가의 작품세계가 하나의 완결된 형태를 취하려 할 때 열려진 상태로 남아있기를 거부하기 때문"일 것이다. 창작활동의 마지막 단계에서 발표된 황순원의 함축적인 단편들이나 시로의 회귀는, 그가 온 생애를 통해 가꾸어놓은 문학의 질량을 명징하게 축약하고 집적하는 작업으로 이해할 수 있을 것이다.

황순원 소설의 인물들이 소극적, 회의적이라는 앞서의 지적과 관련하여 여기서 두 가지 물음을 제기해 볼 수 있다. 하나는 『일월』에서 백정의 후손이라는 사실이 상당한 신분상승을 이루고 있는 인철의 집안에 그처럼 큰 정신적 타격을 줄 수 있을까 하는 문제인데, 소설의 배경을 이루고 있는 시대적 조건이 천민출신에 대한 신분차별이 그토록 혹심한 형태로 나타날 만큼 문제적이냐 하는 점이다. 다른 하나는 『움직이는 성』에서 유랑민 근성에 대한 준태의 신랄한 비판과 그의 파멸만큼 그것이 그렇게 위태로운 것인가 하는 문제이다.

만약 황순원 소설의 주인공들이 보다 적극적이고 능동적인 성격으로 나타났다면, 이 작품들의 스토리는 달라졌을 가능성이 있으며, 우리 민족의 인습과 근성에 대한 문제가 좀 더 포괄적으로 다루어졌을지도 모르는 일이다. 이는 수동적 성격의 인물이 형성하고 있는 작품 내부의 세계가 이미 어떤 제한 속에 있는 것은 아닐까 하는 의문을 동반한다.

그 문장의 단단함과 함께 잊혀져가는 우리말을 찾아내어 유효적절하게 사용하고 있는 이 작가는 한국문학의 언어적 지평을 넓히는 데도 기여하고 있는데 그것은 새삼스러운 일이 아니다. 김현이 언급했듯이 1942년 이후 일본 식민통치자들은 한글의 사용을 금지했으며 한국 작가들은 침묵을 지키거나 식민통치에 동조하거나 양자택일을 해야 했다.

불행하게도 그들 중 많은 이들이 후자를 택했으며, 드물기는 하지만 황순원과 몇몇 작가들은 침묵을 지키는 편을 택하였고 읽혀지지도 출간되지도 않는 작품을 은밀하게 쓰면서 모국어를 지켰다. 『일월』과 『움직이는 성』은 제목 설정에도 하나의 모범이 된다. 『일월』은 '해와 달이 영원히 함께 할 수 없음을 통해 어떤 근원적 괴리감을 표상'하는 것으로 보이며 『움직이는 성』은 '한국인의 기층적 심성으로서의 유랑민 근성을 상징'할 것이다.

작중인물의 성격 분석을 통해 한 작가의 작품 세계에 접근하려는 이와 같은 독서방법은 자칫 사회학적 요건이나 주변 여건에 소홀할 수 있겠지만, 작품 창작의 역순으로 작가의 의도와 사상을 천착해 본다는 의미에서 가장 확실한 작품해명의 방법일 수도 있을 것이다. 어느 작가를 막론하고 인물의 설정 없이 스토리 전개를 구상할 수 없을 것이며, 그 인물의 성격을 구명하는 작업은 곧 작가의 내부로 되짚어 들어가는 소설적 통로가 될 수 있을 것이기 때문이다.

5. 인간에 대한 신뢰, 그 존엄성을 증거한 문학

황순원의 시와 초기 단편들, 그리고 순서가 앞선 장편들조차도 기실 우리가 두 발을 두고 있는 구체적 삶의 현장에 과감히 뛰어든 문학이 아니다. 그러나 소재적 측면에서 초기 이후의 단편, 그리고 단편에서 장편으로 넘어오면서 황순원의 작품에는 한국현대사의 가장 큰 격동의 사건인 6 · 25동란이 배경으로 등장한다. 인생의 여러 면모를 전면적으로 추구하는 데 적합한 장편소설의 양식을 통하여 전란의 와중과 전후에 펼쳐진 좌절 및 질곡을 표현하고자 했을 것임은 앞서 살펴본 바와 같다.

1930년 열여섯에 시를 쓰기 시작하여 1992년 일흔여덟까지 작품을 쓴 황순원은 시 104편, 단편 104편, 중편 1편, 장편 7편의 거대한 문학적 노적가리를 남겼다. 이 작품들은 그로 하여금 한국 현대문학에 있어서 온갖 시대사의 격랑을 헤치고 순수문학을 지켜온 거목으로, 그리고 작가의 인품이 작품에 투영되어 문학적 수준을 제고하는 데까지 이른 작가 정신의 사표로 불리게 하였다. 혹자는 역사적 사실주의의 시각에 근거하여 황순원이 서정성과 순수문학 속으로 초월해버렸다고 비판하기도 한다. 그러나 그렇게만 말한다면 이는 단견의 소치이다. 황순원의 문학과 시대 현실의 관계는 흥미로운 굴곡을 이루고 있다.

초기 단편에서는 작가 자신의 신변적 소재가 주류를 이르면서 토속적 정서와 결부된 강렬하고 단선적인 이미지가 부각되고 있다. 「목넘이마을의 개」를 전후한 단편에서부터 『나무들 비탈에 서다』까지의 장편에서는 수난과 격변의 근대사가 작품의 배경으로 유입되어 현실의 구체적인 무게가 가장 크다. 장편 『일월』과 『움직이는 성』 그리고 단편집 『탈』에서는 인간의 운명에 관한 철학적 종교적 문제가 천착되면서 시대 현실이 한 걸음 후퇴한다. 그러나 『신들의 주사위』에 이르면 인간 존재에 대한 철학적 탐구는 그대로 지속되되, 한 지역 사회가 변모해가는 내면적 모습이 함께 그려진다.

이처럼 황순원의 소설들을 발표순에 따라 배열해보면, 작품의 주제와 시대현실 사이의 직접적인 상관성이 대체로 〈無-有-無-有〉의 순서로 나타난다. 이와 같은 굴곡은 이 작가가 시대 현실에 대한 인식을 위주로 소설을 써온 것이 아니라, 작품의 구조에 걸맞도록 시대 현실을 유입시키고 있음을 뜻한다고 할 수 있다.

처음의 세 단계는 신변적 소재-사회적 소재-철학적 소재로 작품 성향이 변화하는 양상을 말해주는 것이며, 마지막 단계에서는 시대현실을 다루는 작가의 복합적 관점을 느끼게 하는 것으로 삶의 현장에 대한 관조적인 시야가 없이는 어려울 것으로 보인다. 그러기에 작품 활동의 후반기를 오면서 그의 세계는 인간의 운명과 존재에 대한 깊은 성찰에 도달하고 있다는 사실에 유의할 필요가 있겠다.

황순원의 문학은 인간의 정신적 아름다움과 순수성, 인간의 고귀함과 존엄성을 존중하는 바탕 위에서 출발했고 이를 흔들림 없이 끝까지 지켰다. 그가 일제하에서 '읽혀지지도 출간되지도 않는 작품을 은밀하게 쓰면서 모국어를 지킨' 일도, 이러한 상황과 무관하지 않을 것이다. 대부분 그의 작품이 배경으로 되어 있는 상황의 가열함 속에서도 진실된 인간성의 회복을 위한 암중모색을 잊지 않고 있는 것은 그 때문이며, 문학사에서 그를 낭만적 휴머니스트로 기록하고 있는 것도 그 때문일 것이다.